NANCY MADORE
Cuentos para el placer

Editado por HARLEQUIN IBÉRICA, S.A.
Núñez de Balboa, 56
28001 Madrid

© 2006 Nancy Madore. Todos los derechos reservados.
CUENTOS PARA EL PLACER, N° 3 - 7.2.13
Título original: Enchanted: Erotic Bedtime Stories for Women
Publicada originalmente por Harlequin Enterprises, Ltd.
Este título fue publicado originalmente en español en 2007

Todos los derechos están reservados incluidos los de reproducción, total o parcial. Esta edición ha sido publicada con permiso de Harlequin Enterprises II BV.
Todos los personajes de este libro son ficticios. Cualquier parecido con alguna persona, viva o muerta, es pura coincidencia.
® Harlequin y logotipo Harlequin son marcas registradas por Harlequin Books S.A.
® y ™ son marcas registradas por Harlequin Enterprises Limited y sus filiales, utilizadas con licencia. Las marcas que lleven ® están registradas en la Oficina Española de Patentes y Marcas y en otros países.

I.S.B.N.: 978-84-687-2425-6
Depósito legal: M-38252-2012.

Cuentos para el placer

La Bella y la Bestia 7
Barbazul 33
El gato y el ratón 51
Cenicienta 81
Al este del sol y al oeste de la luna . . 103
Ricitos de oro y los tres barones . . 127
Espejito, espejito mágico 141
La señora Fox 161
Blancanieves en el bosque 177
El traje nuevo de la emperatriz . . . 193
La cuidadora de gansos 207
El lobo con piel de cordero 223
El patito feo 241

La Bella y la Bestia

Mi nombre es Bella. Seguramente, habrás oído hablar de mí. Mi historia o, más bien, la que alguien escribió sobre mí, se ha narrado demasiadas veces.

Pero esa no es la verdadera historia. Los detalles importantes han sido por completo olvidados. Uno podría pensar que, después de contarla tantas veces, alguien, alguna vez, habría descubierto la verdad. Y quizá alguna de vosotras ha sabido leer entre líneas y sospechar la verdad, por increíble y sorprendente que pueda parecer. O quizá la verdad es demasiado fantástica. Admito que hay veces que ni yo misma puedo creerla y todo parece un lejano sueño.

En realidad, algunos de los hechos que se narran en la historia son auténticos porque, para salvar la vida de mi padre, consentí en vivir con una criatura aterradora que era más bestia que hombre.

Y también es cierto que me enamoré de la Bestia.

En cuanto a lo que pasó después, los libros de historia son muy certeros en su exposición, ya que la Bestia, al descubrir mi amor, fue inmediatamente liberada de su maldición y retornó a su forma original, como príncipe.

Nos casamos ese mismo día.

Pero ahí es donde terminan los parecidos entre la leyenda y la increíble realidad. Porque no he vivido «feliz para siempre» desde ese día.

Verás, yo... echo de menos a mi Bestia.

Mientras sobrevivo entre los muros de este castillo, no dejo de recordar el primer día que pasé aquí. Salí de mi cuarto ese día muy alterada y, con mucha cautela, recorrí la multitud de corredores que conforman esta fortaleza. No había podido pegar ojo en toda la noche y, a pesar de mis interminables especulaciones, seguía sin saber por qué la Bestia había solicitado mi presencia. Pasé el día sola, entrando y saliendo de las habitaciones y explorando el castillo, mientras intentaba averiguar qué me esperaba.

No quiero decir que hubiese ido al castillo de la Bestia contra mi voluntad, ya que estaba deseosa de dejar atrás la pobreza y el aburrimiento de mi infancia. De modo que, cuando se me ofreció esta aventura, no me sentí del todo insatisfecha.

Yo no sabía el aspecto que debería tener el interior de un castillo, pero me pareció que todo lo que veía era exactamente como debía ser. Austeros antepasados mirándome desde los retratos que colgaban en las paredes, por ejemplo. En otras había espléndidos tapices que mostraban meriendas campestres en Francia, viñedos italianos y otros temas exóticos. Los muebles eran de intrincada y antigua talla, con las maderas más exóticas, y las alfombras, persas, extravagantemente mullidas y llenas de color. En resumen, todo era de una extraordinaria belleza y esplendor.

Ese día no me encontré con la Bestia mientras vagabundeaba por los pasillos. Un criado me había llevado directamente a mis habitaciones tras despedirme de mi padre, mientras otros colocaban dos enormes arcones en la carreta. Eran un regalo de la Bestia y estaban llenos de tesoros que mi padre debía llevarse con él. Me animaba imaginar la alegría de mi familia cuando abriesen esos arcones.

No salí de mi habitación esa noche, aunque no podía dormir. Pensé en mi vida durante las largas horas de oscuridad y, al día siguiente, mientras paseaba por las habitaciones del castillo, no vi un alma.

La cena fue anunciada con una campanita y fue en el comedor cuando, me encontré con la Bestia. A pesar de su monstruosa apariencia y áspera voz, me sorprendió comprobar que, de hecho, era un anfitrión muy galante. La cena transcurrió en agradable conversación y comida y bebida delicada para el paladar.

En cuanto terminamos de cenar, la Bestia se levantó de la mesa, mirándome fijamente con sus ojos oscuros antes de preguntar:

—¿Quieres casarte conmigo, Bella?

Yo lo miré, absolutamente atónita. ¿Qué podía hacer? Aunque mi corazón latía a toda velocidad, advirtiéndome que no enfadase a la Bestia, conseguí susurrar:

—No.

La Bestia se limitó a asentir con la cabeza.

—Muy bien —murmuró, en un tono que parecía indicar que esperaba esa respuesta. Después, salió del comedor bruscamente.

Aliviada al no haber provocado su furia con mi respuesta, también yo salí del comedor para subir a mi habitación.

¿He olvidado describir mi habitación? No creas que es porque no merece la pena, ya que era, y sigue siendo, la habitación más hermosa y elegante del castillo.

Cuando había entrado en ella el día anterior estaba demasiado preocupada como para fijarme en nada. Pero esa noche iba de una cosa a otra, examinando los objetos que habían sido colocados allí para mi deleite hasta que, por fin, mis ojos reposaron en la extraordinaria cama en la que debía dormir. En las columnas que sujetaban el dosel había talladas figuras de animales salvajes, que parecían ir subiendo hasta el capitel, donde había un hombre muy atractivo con una corona. Yo no entendí el significado de las figuras, pero no dejaba de mirarlas porque, a pesar de mis humildes orígenes, no se me escapaba su belleza.

Al lado de la cama, un gigantesco ramo con no menos de cien fragantes rosas reposaba plácidamente en un enorme jarrón de fina porcelana. Y ni un solo día faltaron las más maravillosas flores recién cortadas en mi habitación.

La ropa de cama era tan extraordinaria como todo lo demás y sentí un escalofrío de gozo al meterme entre las suntuosas sábanas de seda. Fue una sensación tan placentera que tuve la tentación de quitarme el camisón. En lugar de hacerlo, pasé la mano suavemente por el embozo de la sábana... y mis sentidos se despertaron de inmediato ante tal lujo, tal belleza.

Pero la sensación fue bruscamente interrumpida cuando oí unos golpecitos en la puerta.

—¿Quién es? —pregunté, cubriéndome con la sábana.

—Soy yo, tu humilde servidor, la Bestia.

Sus maneras eran tan atractivas y cálidas como aterradora era su apariencia.

—Entra —le dije.

La Bestia abrió la puerta, pero no entró en la habitación. Gracias a la antorcha del pasillo podía ver su silueta recortada en el umbral; una silueta que habría sido aterradora de no ser por su porte de caballero.

—Solo quería preguntarte si todo es satisfactorio, Bella —dijo él, sin moverse.

—¿Satisfactorio? —repetí yo, sorprendida—. No, en absoluto. Jamás se me ocurriría describir esta habitación como «satisfactoria» —sonreí entonces, divertida por la broma, mientras apartaba las sábanas y encendía la luz del candil que había al lado de la cama.

La Bestia permaneció en silencio, mirándome con gesto de sorpresa. Al ver su expresión me di cuenta de que mi réplica debía de haberle enfadado y me apresuré a explicar:

—Oh, Bestia, no. Quería decir... bueno, que todo es más que satisfactorio. Eso es lo que quería decir.

Pero ocurría algo. Era como si la Bestia no me hubiese oído. Sin pensar, salté de la cama y me acerqué a él para explicar. Pero solo conseguí dar un par de pasos antes de detenerme, horrorizada.

¿Había oído un gruñido? No, imposible. Y, sin embargo, sus ojos tenían un brillo poco natural. Estaba inmóvil, como un animal preparado para atacar...

—¿Bestia? —lo llamé, tanto una súplica como una pregunta.

Y entonces, de repente, desapareció.

Yo me quedé de pie durante unos segundos, sin saber qué hacer, intentando controlar los nervios. Me miré las manos, que temblaban... y fue entonces cuando me fijé en el camisón. ¡Era absolutamente transparente, de la cabeza a los pies! El candil que había encendido solo servía para destacar mi desnudez bajo la tela.

No volví a ver a la Bestia hasta la cena del día siguiente. Y se mostró tan amable y refinado como el día anterior. Me puse colorada cuando nuestros ojos se encontraron, pero él no hizo indicación alguna de que se hubiera dado cuenta. Su comportamiento, al fin, hizo que volviera a sentirme cómoda e incluso disfruté de su conversación. Más tarde, la Bestia se levantó y me hizo la misma pregunta que la noche anterior y la que me haría cada noche después de aquello:

—Bella, ¿quieres casarte conmigo?

A lo que yo siempre contestaba:

—No.

Nuestra amistad floreció. Y, sin embargo, cada vez que oía ruido al otro lado de mi habitación me sentía angustiada, esperando ansiosa el golpecito en la puerta...

Pero la Bestia nunca volvió a llamar.

Fui yo, incapaz de dormir una noche, quien,

sin saberlo, se encontró en las habitaciones privadas de la Bestia cuando iba a la biblioteca para buscar un libro. Oí un ruido, una especie de gruñido, al otro lado de una puerta mientras pasaba por delante y me detuve repentinamente.

Un segundo después, volví a oír ese ruido. Supe inmediatamente que era la Bestia y sentí compasión por él. ¿Estaría enfermo?

Sin pensarlo, llamé a la puerta de su habitación. Silencio. Volví a llamar.

—Vete —oí que decía la Bestia por fin, en tono de súplica.

—No me iré —repliqué yo—. No hasta que haya comprobado que te encuentras bien.

Silencio de nuevo.

—Por favor —imploré de nuevo—. Abre la puerta y déjame...

—¡Aléjate de la puerta, Bella! —me ordenó la Bestia—. ¡Márchate ahora mismo o estarás en peligro!

Su tono era controlado, pero había una nota de desesperación en su voz.

Muchas veces me he preguntado por qué no me marché entonces. Me decía a mí misma que no podía dejar a un amigo angustiado. Me he dicho que era la curiosidad. Me he dicho muchas cosas, pero sospecho que tampoco tú las creerías.

De modo que puse la mano en el pomo y abrí la puerta de la habitación de la Bestia.

Dentro estaba completamente a oscuras. Di un par de pasos buscándolo en la oscuridad... y la puerta se cerró bruscamente tras de mí. El vello de mi nuca se erizó.

La oscuridad empezaba a aclararse poco a poco, permitiéndome ver algo. Miraba alrededor de la habitación, buscando la forma de la Bestia y, de repente, oí el chirrido de unas anillas de metal. Una cortina de terciopelo fue apartada de golpe y la luz de la luna penetró en la estancia. Ahora podía ver a la Bestia acercándose. También podía oír su irregular respiración y me di cuenta de que estaba jadeando.

Mi propia respiración se volvió más rápida mientras intentaba desesperadamente llevar aire a mis pulmones. Era como si la enorme estancia se hubiera reducido de tamaño. El miedo corría por mis venas, haciendo que me percatase de todo lo que había a mi alrededor. La Bestia se acercaba lentamente hasta que estuvo tan cerca que podía sentir su aliento en mi piel. Era al menos treinta centímetros más alto que yo, con unos hombros que parecían ocupar toda la habitación. Y había un brillo extraño en sus ojos. Yo sentí un escalofrío, a pesar del calor que emitía su cuerpo.

—Si no quieres que te destroce el camisón, quítatelo ahora mismo —dijo la Bestia por fin. Su tono era seco, pero sus maneras contenidas, como si estuviera haciendo un esfuerzo para mantener el control. Su voz era tan profunda que casi parecía incapaz de transmitir un lenguaje humano. Su presencia me abrumaba, su mirada me tenía hipnotizada. Su aliento quemaba mi piel. No había nada del amigo amable con el que había compartido la cena.

Y, sin embargo, cuando miré los ojos de la Bestia, una nueva sensación me embargó, mezclándose con el miedo.

Sin moverme, contemplé mi camisón. La sensación mencionada antes persistía y crecía, haciéndome sentir excitada y excitable. En aquel estado, vi la situación solo de manera superficial y razoné de acuerdo con ello.

¿Cómo podía resistirme a la Bestia? Desde luego, la resistencia parecía imposible teniéndolo frente a mí, esperando en silencio a que le obedeciera. No me atrevía ni a pensar de qué sería él capaz si yo no obedecía. Parecía dispuesto a atacarme si hacía cualquier movimiento. Y, sin embargo, vagamente, sospeché que haría todos los esfuerzos posibles para someterse a mi capricho si yo decidiera escapar.

Mientras estaba deliberando durante lo que me parecieron horas pero debieron ser apenas unos segundos, esa sensación extraña persistía y… ¿no he admitido ya que no estaba desesperada por salir de esa habitación?

Entonces, sin pensarlo, me quité el camisón de golpe y me quedé esperando, agitada, el siguiente movimiento de la Bestia. Pero él se quedó mirando en silencio durante lo que me pareció un momento interminable. Me preguntaba si podría oír los frenéticos latidos de mi corazón, ya que su eco resonaba en mis oídos.

La Bestia levantó despacio una de sus enormes manos y acarició mi cara suavemente. Yo lancé un gemido. Era una zarpa tan dura que casi me hacía daño con el mínimo roce.

Los ojos de la Bestia brillaron con furia momentánea, pero el brillo desapareció mientras me estudiaba:

—No quiero hacerte daño, Bella. Eres tú quien controla el destino de los dos.

Yo no entendí el significado de esas palabras. Su presencia se apoderaba de mí lentamente, envolviéndome, atrapándome en su peligroso poder. Parecía como si estuviera advirtiéndome de algo.

¿Había dicho que era yo quien tenía el control? ¿Debería detenerlo?, me pregunté. ¿Podría detenerlo? Me sentía demasiado débil como para dar un paso.

Mientras tanto, sus manos, que eran enormes como ya he dicho, y con garras, acariciaban crudamente mi piel, deslizándose hasta mis pechos. Para mi sorpresa, mis pezones respondieron inmediatamente, endureciéndose ante el roce. Un gemido escapó de mi garganta cuando los apretó; la fuerza bruta de sus manos combinada con mi deseo era una agonía. Él siguió tocándome y cuando llegó hasta el triángulo de rizos de entre mis piernas, sentí una ola de vergüenza al notar que mi propia excitación era evidente.

La Bestia estaba cambiando rápidamente; con cada segundo que pasaba era más una bestia y menos un hombre.

—Ponte de rodillas —gruñó. Yo lo miré, en silencio. La realidad de lo que estaba pasando me golpeó entonces. Iba a tomarme como lo haría un animal. Y era demasiado tarde para cambiar de opinión porque él estaba colocándome en la posición que quería, en el suelo. Lo hizo con tal rapidez y eficiencia que no tuve duda sobre la futilidad de un intento de escape.

Me quedé inmóvil donde él me colocó, mientras la Bestia se ponía detrás de mí para quitarse la ropa. Demasiado asustada como para arriesgarme a enfadarlo volviendo la cabeza, solo podía preguntarme lo que habría bajo los elaborados ropajes tras los que la Bestia se escondía. Pero mi curiosidad por fin ganó a los miedos y, casi sin pensar, giré la cabeza. Un gemido involuntario escapó de mis labios.

Estaba desnudo, salvo por la camisa, que caía abierta revelando un torso cubierto de duro pelo animal. De la cintura para abajo su cuerpo parecía el de un león, con dos enormes garras por pies y una larga cola que colgaba hasta el suelo. Pero más aterrador que lo que he descrito hasta ahora era el objeto que destacaba, erguido, entre sus patas. Era de un rojo casi púrpura y de un tamaño inhumano. Sería imposible que pudiese caber dentro de mí...

La Bestia oyó mi gemido y me vio mirándolo con expresión horrorizada. Entonces dejó escapar un terrible gruñido en el que me pareció entender: «¡Date la vuelta!».

—¡Me matarás! —grité, asustada, aunque obedecí la orden.

—Prometo que vivirás —replicó él, volviendo a portarse como un caballero. Su voz temblaba por el esfuerzo de hablar—. Así es como debe ser hasta que tú nos libres a los dos de este destino.

Yo me quedé abrumada por sus palabras, pero no tuve tiempo de pensar porque, de repente, sentí su aliento, ardiente, entre mis piernas. Aunque me había advertido, yo no estaba preparada para lo que pasó después.

Tan dura como el papel de lija y más larga que la hoja de un roble, la lengua de la Bestia penetró lentamente en mi más tierno escondite. Yo estuve a punto de dar un salto, pero él me sujetó con fiereza, repitiendo la acción una y otra vez. Sintiéndome al tiempo insultada y excitada por la cosa inhumana que tocaba mi delicada piel, yo no podía hacer más que agitarme; por momentos intentando desesperadamente apartarme y al siguiente momento apretándome contra él. Su enorme lengua cubría toda el área de entre mis piernas con una caricia y luego invadía mi interior con el entusiasmo de un animal hambriento. Yo estaba a punto de desmayarme, tan abrumada por la excitación me sentía.

Por fin, con un gruñido, la Bestia se detuvo. Pero solo para abrirme con sus dedazos. Para entonces, todo mi cuerpo se sacudía violentamente.

A pesar de la excitación, sentí una inmensa presión cuando la Bestia empezó a intentar penetrarme por detrás. Protesté en voz alta, pero no sirvió de nada. Mi cuerpo, por cuenta propia, intentaba apartarse de la invasión, pero la Bestia no lo permitió. Me sujetó por la cintura con sus grandes manos y empezó a penetrarme poco a poco, hasta que lo consiguió. Yo lancé un grito.

Con visible dificultad, la Bestia intentaba retener el poco control humano que poseía. Todo su cuerpo se convulsionaba mientras me sujetaba y, con voz estrangulada, insistió:

—Te acostumbrarás a mí enseguida.

Pero yo estaba acostumbrándome antes de que terminara la frase. Todo mi cuerpo estaba encendido. Gemí, moviéndome adelante y atrás. Pero aún tendría que experimentar mucho más. Moviendo las caderas, la Bestia empezó un lento pero gradual avance.

—Despacio —le oí murmurar, posiblemente para sí mismo, mientras seguía moviéndose. Poco a poco entraba en mí, sin dejar de sujetarme por las caderas. Y lo único que yo podía hacer era permanecer inmóvil, gimiendo y buscando aire; un momento de extremo placer, el siguiente de un dolor exquisito.

Pensé que no sería posible, pero fui, de hecho, capaz de recibir a la Bestia por completo. Aunque apenas podía respirar cuando me llenó del todo porque me sentía como si hubiera sido empalada. No era consciente de nada salvo de esa parte de mí que él había llenado.

Muy despacio, jadeando, la Bestia empezó a moverse adentro y afuera. Siguió con un ritmo lento durante un tiempo, dejando que me acostumbrase a él. Pero, por fin, sus gruñidos se hicieron más salvajes y sus embestidas más fuertes y rápidas.

Su aliento quemaba la piel de mi espalda. Sus manos se clavaban en mi carne y me pareció sentir que me mordía en el hombro.

Yo estaba tan excitada que las inhibiciones habían desaparecido por completo. Empecé a tocarme a mí misma para aumentar el placer mientras luchaba contra la Bestia...

Pero era demasiado tarde. Con un rugido ensordecedor y una última embestida, la Bestia me llenó con un tremendo chorro, el exceso del cual se deslizaba por mis temblorosas piernas.

Yo me sentí profundamente decepcionada e intenté apartarme, pero él me sujetó, sin sacar su miembro aún completamente erecto, mientras tomaba mi mano y la colocaba entre mis piernas. La sujetó ahí hasta que entendí lo que quería hacerme.

Me sentí momentáneamente avergonzada al darme cuenta de que la Bestia sabía lo que había estado haciendo, pero esa vergüenza desapareció en cuanto reapareció mi entusiasmo. Percatándome de que tenía tanto tiempo como quisiera para disfrutar de la Bestia, de nuevo empecé a estimularme a mí misma. Mientras tanto, él se apartó de mí casi del todo y, cuando pensé que iba a sacar su miembro, volvió a penetrarme bruscamente. Y siguió haciéndolo una y otra vez mientras yo buscaba mi propio placer...

Todos mis sentidos estaban despiertos. La piel me quemaba bajo las rudas manos que sujetaban mis caderas. En mis oídos resonaban los gruñidos animales que hacían eco en la cámara iluminada por la luna. Mis ojos estaban clavados en el suelo de brillante madera, en el que se reflejaban nuestras sombras. El interior de mis muslos estaba húmedo y pegajoso y pensé en los dientes de la Bestia clavándose en mi hombro mientras por fin lograba mi propia satisfacción.

Así empezaron mis visitas nocturnas a la cámara de la Bestia. Cada noche me daba más placer que la anterior y ya no me sentía avergonzada. De hecho, mi Bestia me parecía cada día menos bestial y mi afecto por él hacía que a veces me pareciese hasta guapo. Aun así, cada noche, cuando me pedía que me casara con él, yo declinaba la oferta.

Un día, varios meses más tarde, recibí un mensaje de que mi padre estaba enfermo. Durante la cena le mostré el mensaje a la Bestia. Después de leerlo, él me miró horrorizado.

—Por favor, no te vayas, Bella —me suplicó.

—¡Pero debo ir! Si algo le ocurriese a mi padre sin que volviera a verlo jamás podría perdonarte.

La Bestia se quedó en silencio un momento.

—Bella, si te vas del castillo será mi muerte.

—No lo entiendo —repliqué yo, irritada de repente con tanto misterio. Se había convertido en un asunto sin resolver que tantas preguntas permanecieran sin respuesta—. ¿Podrías explicarme esas misteriosas palabras?

—No puedo —contestó él. Pero su pena por no poder contarme la verdad lo hizo aún más indulgente—. No te detendré si quieres irte... mientras prometas volver antes de un mes. Si estás fuera de aquí más de un mes, moriré.

—Te lo prometo —suspiré yo, sabiendo que no me contaría nada más.

—Espero que cumplas tu promesa, Bella —

suspiró la Bestia, levantándose. Pero al llegar a la puerta, se volvió—. Habrá dos arcones para ti. Llénalos con todo lo que quieras y llévaselos a tu familia.

Esa noche deseaba más que nunca ir a la habitación de mi Bestia, pero tenía tantos preparativos que llevar a cabo antes de mi jornada que me puse a trabajar frenéticamente.

Cuando por fin entré en su habitación, estaba temblando de deseo. Él estaba sentado en una silla, en una esquina de la oscura estancia. Quitándome la bata, me coloqué sobre la cama en la postura que a la Bestia más le gustaba. En unos segundos, mientras esperaba, estaba completamente húmeda y deseándolo con todo mi ser. Así era para mí con la Bestia. Resultaba suficiente con esperarlo, desnuda, temblando, apoyada en las manos y los pies, anticipando lo que iba a llegar...

Ni siquiera lo había oído moverse cuando, de repente, sentí sus crudas manos acariciando mi piel.

—Date la vuelta —me dijo de pronto.

Yo me quedé sorprendida.

—Quiero ver tu cara esta noche.

Intrigada, obedecí su petición y me di la vuelta, quedando tumbada de espaldas. En silencio, le vi quitarse la ropa, observándolo abiertamente por primera vez. Parecía mucho más fiero, más animal sin sus ropas. Pero temblé de emoción mientras él me miraba. De nuevo, como aquella primera noche, se me ocurrió que era más bestia que hombre.

«Pero es un hombre», pensé luego, negándome a aceptar una idea en la que, si insistía, podría dar por finalizadas mis noches con él. Sin embargo, cerré los ojos cuando se acercó, desnudo.

—¡Abre los ojos, Bella!

Yo obedecí y, al hacerlo, vi su miembro erguido casi sobre mis labios. La Bestia tomó mi cabeza con una mano, pero yo me resistí. Se refrenaba para no forzar su miembro en mi boca, pero no soltaba mi cabeza.

Entonces miré el objeto que había delante de mí. Era de forma diferente a la de un hombre, además de ser mucho más grande. Tentativamente, saqué la punta de la lengua, ligera y cautamente rozando el miembro que tanto placer me daba.

Vi temblar a la Bestia y, de repente, sentí el deseo de darle placer. De modo que abrí la boca y lo acaricié con mis labios, al principio despacio. Pero pronto me encontré a mí misma chupando ansiosamente. Era tan grande que solo podía chupar una parte, y eso con gran esfuerzo, pero a él no parecía importarle porque lo que podía retener en mi boca lo sujetaba con los labios, la lengua y la mandíbula.

Bruscamente, la Bestia se apartó de mí y, tirándome sobre la cama, separó mis piernas con las dos manos. Yo miré sus ojos oscuros mientras se acercaba. Había algo brillando ahí, algo inhumano. Quería darme la vuelta, pero sus ojos me lo impedían. Una ola de terror me envolvió entonces.

La Bestia gruñó crudamente cuando me penetró. Mis piernas estaban tan separadas que parecían a punto de romperse mientras yo intentaba acomodar dentro de mí su inmenso miembro. Él gruñía y jadeaba mientras usaba sin piedad mi tierna carne. Su ardiente aliento quemaba mi piel mientras yo observaba, con horrorizada fascinación, cómo sus dientes se clavaban en mis hombros y mis pechos.

Pero el terror rápidamente empezó a ser desplazado por ese placer tan familiar que me proporcionaba la Bestia. Un placer como no había conocido antes. Disfrutaba del duro pelo animal que cubría su piel y de los fieros gruñidos que escapaban de su garganta mientras me tomaba salvajemente. Sus grandes y duras zarpas simultáneamente me hacían daño y enviaban escalofríos de placer por todo mi cuerpo. Yo gritaba, entregada a la agonía de tan exquisitas sensaciones. Ola tras ola de placer sacudía mi cuerpo mientras oía vagamente los gruñidos de la Bestia mezclados con mis propios gritos.

Antes de que pudiera recuperar el aliento, había llegado la mañana.

Me marché del castillo con tal prisa, con tal deseo de ver a mi padre enfermo que no pensé en mi Bestia durante días. Mi padre se recuperó nada más verme y yo me sentí absorbida por mi familia. Pero pronto transcurrió un mes y llegó el momento de volver al castillo.

Sin duda, la historia que acabas de leer me hace parecer poco bondadosa e incluso podrías creer que no deseaba volver con mi Bestia. Pero nada podría ser menos cierto. Lo echaba de menos terriblemente. No deseaba nada más que volver al castillo, pero mi querida madre lloraba cada vez que intentaba partir.

Pasaron casi dos meses de esta manera, hasta que una noche desperté de una horrible pesadilla. En el sueño, todo estaba oscuro y yo iba por los corredores del castillo buscando a mi Bestia. Al entrar en su estancia lo encontraba durmiendo plácidamente en su cama, pero cuando me acercaba se me ocurrió que mi Bestia no estaba durmiendo, sino muerto. Fue mi grito de terror lo que me despertó.

De repente, recordé la advertencia de la Bestia de que moriría si no volvía al castillo en el plazo de un mes.

Inmediatamente, salté de la cama y guardé mis cosas en un arcón. A primera hora de la mañana estaba dispuesta para irme y, después de una triste pero firme despedida, empecé mi jornada hacia el castillo de la Bestia. Oh, cómo sufrí ese día, temiendo no volver a verlo nunca más...

Cuando por fin llegué al castillo esa noche, inmediatamente corrí hacia sus habitaciones. Mi Bestia estaba tumbado en su cama, exactamente igual que en mi sueño.

—¡No! —grité, corriendo a su lado—. ¡Por favor, no te mueras!

Él movió un poco la cabeza al oír mi voz. Yo lloré de alegría y le eché los brazos al cuello.

—¡Gracias a Dios no estás muerto! —murmuraba, con los ojos llenos de lágrimas.

—Has vuelto —dijo él.

—Sí, he vuelto... para siempre.

Y supe entonces que no lo dejaría nunca.

—Quieres casarte conmigo, Bella?

—Sí —contesté yo, entre lágrimas—. ¡Sí, sí, sí!

Apenas había terminado de pronunciar esas palabras cuando, de repente, vi una gran bola de luz. Un segundo después, un hombre extraño estaba sentado donde la Bestia había estado tumbado antes. Mi Bestia había desaparecido. Yo lo miré, atónita, y di un paso atrás.

—Oh, Bella —exclamó el extraño—. Por fin me has liberado del hechizo.

Yo parpadeé entre lágrimas mientras intentaba entender las palabras del hombre. Estaba diciendo que él era mi Bestia, que era en realidad un príncipe que había sido convertido en animal por el hechizo de una malvada bruja. Siendo una bruja especialmente mala, el hechizo solo sería roto si su verdadero amor aceptaba casarse con él mientras era una Bestia.

«De modo que este extraño es mi Bestia», pensé yo, asombrada. Examiné su cara y vi que era, desde luego, un príncipe muy atractivo. No sabría justificar mi decepción y, además, jamás había visto a mi Bestia más feliz que aquel día.

De modo que nos casamos.

Y ahora debo terminar mi historia ya que es tarde y he de prepararme para mi esposo, el príncipe. Viene a mi habitación cada noche y, como siempre, yo estaré preparada para él.

Pero no buscaré en sus ojos ese brillo salvaje.

Ni volveré a escuchar sus ensordecedores gruñidos.

Dejé de buscar todo eso hace años.

Barbazul

Había una vez un caballero muy rico, que había adquirido propiedades en varios reinos. Viajaba frecuentemente de uno a otro, nunca quedándose demasiado tiempo en ninguno, para que nadie supiera dónde residía, qué hacía o con quién. Por eso, había gran curiosidad y muchas especulaciones sobre este caballero.

Las circunstancias se agravaban más por una irregularidad en el aspecto del hombre que parecía confirmar su aparente excentricidad, ya que, desafortunadamente, tenía una barba de color azul.

Su misteriosa vida combinada con esta peculiar apariencia hacía que la gente, quizá de forma injusta, lo viera como un hombre peligroso. Su verdadero nombre fue olvidado, siendo conocido solo como Barbazul.

La misteriosa vida de Barbazul era un tema de conversación continuo entre los vecinos de sus varias mansiones, castillos y palacios y, con cada nueva historia que se contaba sobre él, su reputación se hacía cada vez más escandalosa. Era, de hecho, creencia general que Barbazul poseía todas esas mansiones con el solo propósito de mantener a varias esposas. Y como esas esposas no aparecieron nunca, se decidió que debían de haber sufrido una «desgraciada suerte». Quiénes eran esas mujeres o qué les había ocurrido exactamente, nadie podía saberlo con seguridad.

Sin embargo, las mujeres se encogían de miedo cuando Barbazul se acercaba a ellas.

Una de sus vecinas era una viuda que tenía dos hijas crecidas. Un día, mientras visitaba su propiedad en esa región, Barbazul se fijó en las jóvenes y, poco después, le reveló a la viuda su deseo de casarse con una de ellas, dejándoles que eligiesen entre ellas.

Pero las hijas de la viuda, al oír la oferta, se negaron a casarse, ya que ninguna podía soportar su aterradora apariencia.

Barbazul, haciendo un esfuerzo por ganarse el afecto de alguna de ellas, las invitó a pasar unos días en su castillo. A esto sí asintieron, ya que sentían curiosidad por saber cómo vivía y si los rumores sobre su riqueza excepcional y sus excentricidades eran ciertos.

De modo que la viuda y las dos hijas, junto con un grupo de amigos, se alojaron en el castillo de Barbazul. Fueron sus invitados durante todo un mes, que pasó a toda velocidad entre fiestas, cenas y todo tipo de divertimento. Nadie quería marcharse y menos que nadie las hijas de la viuda. De hecho, la visita fue tan bien que la mayor de las dos hijas empezó a pensar que Barbazul no era tan malo como decían. Y que incluso su barba no era realmente tan azul.

Poco después, Barbazul y la hija mayor de la viuda estaban casados. Y, a pesar de los rumores que corrían sobre él, su nueva esposa descubrió que era un hombre atento y encantador, que no reparaba en gastos para hacerla feliz.

Pero como todos los que han estado casados saben, hay muchas cosas que uno no averigua sobre su esposo o esposa hasta después de la boda. La esposa de Barbazul descubrió esto un día, mientras su esposo se preparaba para marcharse a un largo viaje de negocios que lo mantendría fuera del castillo durante más de una semana.

Le daba pena decirle adiós tan pronto después de la boda, pero Barbazul sugirió amablemente que se divirtiera organizando fiestas y llenando el castillo de invitados durante su ausencia. Le dio luego un llavero lleno de llaves y le dijo que podía alojar a sus invitados donde quisiera.

Pero, de repente, el rostro de Barbazul se tornó hosco y, poniéndose serio, señaló una llavecita vieja. Le dijo a su esposa entonces que aquella llave abría una puertecita al final de uno de los corredores en el sótano del castillo. Sin explicar nada más, Barbazul prohibió a su mujer que abriese aquella puerta, advirtiéndole que sufriría un gran castigo si le desobedecía.

Aunque ella intentó que le contase qué había detrás de aquella puerta, su esposo se negó a decir nada más.

Uno podría pensar que la esposa de Barbazul estaría deseando llamar a sus amigos para organizar una fiesta en el castillo, pero de hecho, mientras veía la carroza de su esposo perderse por el camino, se sentía abrumada de curiosidad por saber qué habría en aquella habitación del sótano.

En realidad, la pobre mujer no podía pensar en otra cosa, de modo que era incapaz de encontrar placer en los muchos lujos que la rodeaban.

Apretando la llavecita de la habitación prohibida, paseaba arriba y abajo por el castillo, pensando en la advertencia de su esposo. Pero al final se encontró a sí misma frente a la puerta de la habitación que Barbazul le había prohibido atravesar.

«Tengo que ver lo que hay dentro o no podré descansar tranquila», se dijo.

Sin pensarlo más, metió la llave en la cerradura. La puerta se abrió de inmediato, pero dentro todo estaba completamente a oscuras, ya que las contraventanas estaban cerradas. La mujer buscó en sus bolsillos una cerilla y cuando la encontró, la levantó para mirar a su alrededor.

Dio un paso adelante y sus ojos, que empezaban a acomodarse a la oscuridad, cayeron sobre una larga mesa de madera. Sobre ella había cuatro grilletes y una argolla grande. Objetos que, evidentemente, servían para retener a alguien. ¿A quién?, se preguntó, con el corazón acelerado.

En otra parte de la habitación vio una cuerda colgando del techo. A mitad de la cuerda había unos grilletes y, directamente debajo de estos, la cuerda se abría en dos, cada cabo conectando con una argolla clavada en el suelo. En la pared de enfrente había colgadas varias tiras de cuero de varios tamaños.

Mientras miraba todos esos objetos con horror, la mujer de Barbazul recordó los rumores que corrían sobre las previas esposas de su esposo, presumiblemente muertas. De repente, se le ocurrió que su esposo debía de haberlas asesinado en aquella habitación ya que, a sus ojos inexpertos, esos objetos de tortura no podían servir para otra cosa.

Pero no había más tiempo para seguir pensando en el asunto porque, en aquel mismo instante, la cerilla que tenía en la mano le quemó los dedos y, lanzando un grito, la aterrorizada mujer la tiró al suelo, junto con el llavero. Temblando violentamente, se inclinó para buscar las llaves en la oscuridad y, cuando por fin las encontró, salió de la habitación y corrió por los pasillos hasta que, por fin, se dejó caer sobre una silla.

Poco a poco, la horrorizada dama empezó a recuperar la compostura. Se aseguró a sí misma que su esposo no podría saber que había entrado en la habitación ya que no había tocado nada. Considerando esto, miró el llavero y lanzó una exclamación de angustia. ¿Era su imaginación o la llavecita de la habitación prohibida había cambiado de color? ¡Sí, se había vuelto de color rojo!

El descubrimiento hizo que su corazón enloqueciera y, desesperada, levantó su falda y frotó vigorosamente la llave, pero hiciese lo que hiciese la mancha roja no desaparecía. Al fin, se dio cuenta de que era una llave mágica y que si su esposo la veía descubriría que le había desobedecido. Pero luego razonó para sí: «Si quito la llave del llavero, quizá Barbazul creerá que la he perdido».

Mientras consideraba esto, una larga sombra cayó sobre ella y, al levantar la cabeza, se encontró con Barbazul.

La joven escondió las llaves a la espalda, intentando desesperadamente parecer contenta de verlo, pero él supo por su palidez que había entrado en la habitación prohibida.

Barbazul no acusó a su esposa inmediatamente. En lugar de eso, le habló con amabilidad, contándole que cuando salía del pueblo se había encontrado con uno de sus administradores, según el cual no tenía por qué seguir viaje, ya que el negocio había concluido satisfactoriamente.

Todo esto lo explicaba de una forma tranquila, aunque ella estaba tan preocupada que apenas oía una sola palabra.

Pero al fin Barbazul le preguntó por el llavero. Como puedes imaginar, la dama hizo todo lo que pudo para retrasar la entrega, pero su esposo no quería esperar, de modo que tuvo que dárselo.

Barbazul examinó cuidadosamente las llaves y luego le dijo:

—¿Por qué la llave que te prohibí usar se ha vuelto de color rojo?

Su esposa, deshecha en lágrimas, le confesó la verdad, suplicando que la perdonase. Pero Barbazul la agarró fieramente del brazo, arrastrándola hacia la habitación:

—¡Ahora sabrás lo que cuesta desobedecerme!

La pobre mujer suplicaba piedad con lágrimas rodando por su bonito rostro. Hasta el corazón más duro se habría compadecido, pero

Barbazul apartó la mirada y, abriendo la puerta de la habitación, obligó a su esposa a entrar y encendió un candil, que dejó sobre la mesa con los grilletes.

Ella contuvo el aliento, aterrorizada, mientras Barbazul acariciaba primero su cara, luego su cuello... para meter después las manos bajo el encaje del escote. La joven cerró los ojos, pensando que iba a estrangularla. Pero, curiosamente, algo despertó en ella ante las caricias de su esposo. Seguía amándolo a pesar de todo.

De repente, oyó un desgarro y vio que su vestido se abría en dos. Luego cayeron al suelo sus enaguas y su ropa interior y, antes de que sus ojos pudieran acostumbrarse a la oscuridad, se encontró a sí misma frente a su esposo sin una sola prenda de ropa. Cerró los ojos, recordando con qué ternura la había abrazado unas horas antes... Que pudiese matarla así, porque eso era lo que ella creía que iba a pasar, le rompía el corazón.

Barbazul llevó a su esposa hasta la cuerda que había visto unos minutos antes. Con gran destreza, ató sus muñecas a los grilletes, ajustándolos para que sus brazos quedaran levantados por encima de su cabeza. Luego colocó sus pies en las argollas del suelo, tan separadas que le resultaba difícil mantener el equilibrio. Demasiado horrorizada como para hablar, se quedó así, desnuda y con las piernas separadas, temblando.

Después de colocarla en tal posición, Barbazul se acercó a la pared de la que colgaban las tiras de cuero.

Mientras veía a su esposo observándolas atentamente, a la joven se le ocurrió preguntarse qué eran esas tiras de cuero y cómo iba a usarlas Barbazul... y entonces entendió. Su vida no estaba en peligro, pero los horrores que la esperaban no eran como para sentirse aliviada. Empezó a tirar de los grilletes, intentando soltarse, mientras lo veía seleccionar un látigo...

Barbazul se volvió entonces hacia su esposa, diciendo:

—Por el gran amor que siento por ti, seré compasivo. Solo recibirás treinta latigazos.

Su esposa empezó a implorar perdón, pero él no le hacía caso.

—Tú contarás los latigazos mientras te los voy dando. Si te pierdes uno solo en la cuenta, volveré a empezar. Debes aceptar los latigazos reconociendo que los mereces. Puedes gritar, pero no debes protestar o empezaré otra vez.

Inmediatamente después de aquel aterrador discurso, Barbazul lanzó el látigo contra sus delicadas nalgas. Ella gritó y las lágrimas llenaron sus ojos.

—Empezaré otra vez, ya que no has contado —dijo Barbazul, de nuevo golpeándola con el látigo.

Esta vez ella gritó:

—¡Uno!

Un segundo después, otro latigazo y la joven volvió a gritar:

—¡Dos! ¡Tres!

Su esposo siguió dándole latigazos y su esposa, obedientemente, iba contando. Periódicamente, Barbazul se detenía para preguntarle:

—¿Cuántos latigazos te mereces, amor mío?

Y otras veces:

—Dime, ¿cuántos latigazos más debo darte?

A lo cual ella se veía obligada a contestar que treinta. De alguna forma consiguió aguantar el castigo sin llorar, aunque tenía las nalgas doloridas antes de que su esposo terminase.

Cuando por fin había soportado los treinta latigazos, Barbazul se acercó y, suavemente, besó su cara y sus labios. Aunque ella sabía que no iba a matarla, se preguntaba qué la esperaba en aquella terrible cámara de torturas. Y, sin embargo, se encontraba respondiendo a los besos de su esposo, en parte por alivio, en parte por una nueva e incomprensible necesidad que crecía dentro de ella.

Empezó a murmurar palabras de disculpa y de amor mientras lo besaba, pero Barbazul apartó la cara.

—Un esposo no toma lo que su esposa no le da libremente.

Luego, sin decir nada más, le quitó los grilletes de las manos y los pies y, tomándola en brazos, la depositó sobre la mesa obligándola a colocarse a cuatro patas, con las piernas bien separadas.

Sus manos y sus pies fueron sujetados con los cuatro grilletes de hierro y, luego, Barbazul empujó suavemente su cabeza hasta que rozó la mesa para colocar una argolla en su cuello.

Ella se sentía profundamente humillada en esa posición. A cuatro patas y con las piernas bien separadas, sus partes íntimas estaban abiertas del todo y... absolutamente visibles para quien quisiera mirar. Con horror, se dio cuenta de que su esposo se había acercado a esa parte de la mesa y estaba examinándola atentamente.

Sintió el calor de su aliento en su carne cuado se acercó y luego algo suave y húmedo tocó su íntima abertura. Tardó un momento en darse cuenta de que era su lengua y gimió con una mezcla de placer y aprensión. Con determinación, Barbazul continuó haciendo lo que hacía hasta que ella se sintió incapaz de luchar contra el deseo que la abrumaba. Se movía adelante y atrás todo lo que le permitían los grilletes, haciendo un esfuerzo por encontrar su propio placer, pero antes de que llegase al final su esposo se detuvo, dejándola ansiosa e insatisfecha.

Barbazul repitió el proceso varias veces y cada vez probaba su sumisión preguntando:

—¿A quién vas a obedecer a partir de ahora?

Y a cada pregunta ella, qué remedio, tenía que contestar que le obedecería a él y solo a él.

Barbazul siguió haciendo aquello durante lo que a la joven le pareció una eternidad, pero de repente se detuvo y fue hacia el otro lado de la mesa, quedando frente a ella. Lentamente, le quitó la argolla del cuello y levantó su cabeza. La joven vio que se había abierto la bragueta del pantalón y su miembro erecto estaba a unos centímetros de su boca.

Vaciló un segundo antes de entender lo que quería que hiciera. Pero luego lo recibió en su boca ardientemente porque sentía un voraz deseo de darle placer. Barbazul sujetó su cabeza con las dos manos, empujando adelante y atrás con frenesí.

Ella luchaba urgentemente por retenerlo en su boca mientras él empujaba cada vez con más fuerza... pero cuando estaba a punto de derramarse, su esposa se apartó, como él había hecho con ella. En ese momento sus ojos se encontraron y la joven vio en ellos una silenciosa demanda. Hipnotizada por esa poderosa mirada, arqueó el cuello en un gesto sumiso, tomándolo en su boca voluntariamente para que terminase allí.

Cuando terminó, Barbazul colocó de nuevo la argolla alrededor de su cuello. Luego salió de la habitación.

Su esposa esperaba en agonía su retorno.

Volvió por fin, con algo en las manos y, de nuevo, se colocó al pie de la mesa. Ella esperó, sin aliento, mientras su esposo preparaba el siguiente castigo.

De repente, sintió una fría sensación dentro de su cuerpo. Frenéticamente, intentó apartarla de sí, pero Barbazul la sujetó con su mano libre. Algo la estaba penetrando. Algo increíblemente frío.

Se dio cuenta de que debía de ser un objeto grande hecho de hielo porque podía sentir el frío penetrándola y la humedad mientras se derretía.

El frío despertó sus sentidos, haciendo que el deseo que sentía fuera casi doloroso. Pero antes de que la desazón se convirtiera en placer, el objeto se derritió del todo. La joven gimió cuando su esposo repitió el proceso una y otra vez, riendo ocasionalmente al verla en aquella posición. Pero ella no sentía nada más que la deliciosa tortura entre sus piernas.

Esto continuó hasta que la joven estaba literalmente temblando de deseo. Viéndola así, Barbazul detuvo el proceso y, de nuevo, salió de la habitación. Ella gimió suavemente. Sentía un deseo increíble y la postura en la que estaba colocada hacía imposible que se recuperase. Sabía que tendría que esperar hasta que su esposo decidiera liberarla. Y esperó.

Por fin, Barbazul volvió a la habitación, llevando algo en las manos. Ella contuvo el aliento mientras su esposo se colocaba detrás...

Esta vez, Barbazul empezó a acariciarla. Pero llevaba algo en las manos, algo que casi quemaba pero que daba un extraño placer al mismo tiempo. La joven dejó escapar un gemido, pero unos segundos después Barbazul empezó a tocarla con más y más intensidad. El movimiento de sus manos iba haciéndose cada vez más brutal, y finalmente la penetró con los dedos hasta que la joven no pudo pensar en nada. Pero este dolor también se convirtió en placer para ella, que pasaba de gritos a gemidos, moviendo las caderas furiosamente, intentando escapar de las caricias que la atormentaban y, al momento siguiente, moviendo las caderas hacia atrás para recibirlas.

Pero él siempre se detenía al percibir que estaba a punto de liberarse y, poniendo más del misterioso ungüento en sus manos, seguía tocándola, abriéndola de par en par y forzándola a recibir sus dedos.

Por fin, la pobre dama había soportado todo lo que podía soportar y empezó a llorar tristemente. Barbazul, que no quería verla tan infeliz, y pensando que ya había sido castigo más que suficiente, le quitó los grilletes que sujetaban sus manos y sus pies y la levantó de la mesa. Tomándola en brazos, besó su cara repetidamente mientras la consolaba con palabras de amor. Pero ella seguía llorando.

Percibiendo lo que su esposa deseaba, Barbazul sacó su miembro del pantalón y la llenó con él. Le hizo el amor tiernamente y durante todo el tiempo que ella quiso. Siguieron en la habitación, de hecho, durante el resto del día, y Barbazul le dio tal placer que ella olvidó todo lo que había sufrido de deseo.

Igual que había olvidado las promesas de obedecer a su esposo.

Y yo diría que, por extraño que pueda parecer, han tenido ocasión de visitar la habitación prohibida más de una vez.

El gato y el ratón

El juego del gato y el ratón es legendario y un tema favorito para muchos novelistas. ¿Qué es lo que atrae a la gente de ese juego a la vez tan fascinante y tan brutal a la vez? Es un asunto complicado que ha sido examinado hasta por filósofos. Yo, también, he hecho algún intento por resolver el enigma.

Me parece que el juego era más divertido en tiempos pasados. Hoy en día es mucho menos satisfactorio. De alguna forma, cuanto más altas son las apuestas los jugadores se vuelven más amenazadores y el juego más despiadado. En realidad, ya no se juega como se jugaba antes. Para empezar, el objeto del juego prácticamente ha sido eliminado.

Hace tiempo quedó establecido que el gato

es más fuerte que el ratón, pero el ratón ha sido, aun así, un buen oponente por sus superior instinto y su determinación. Con el paso de los años, sin embargo, el gato ha acumulado grandes e injustas ventajas frente al ratón, quitándole al juego su *fair play*. Esta nueva situación ha tenido el peculiar efecto de hacer el juego más interesante para el ratón y más tedioso y aburrido para el gato. Tales son las circunstancias del gato y el ratón en mi fábula.

En la historia que voy a contar, la supremacía es del gato. El ratón tiene mucho menos poder en varios aspectos. El gato, digamos, es el hombre. El ratón, digamos, es la mujer. Ella tiene menos fortuna, mucha menos voz en los eventos mundiales y, en resumen, menos ventajas que el gato.

Como era de esperar en tales circunstancias, el ratón ha perdido valor y el gato siente la pérdida sin reconocerla. Así, cuando se encuentra con uno de esos ratones tenaces que se niegan a aceptar los términos sin luchar, este nuevo tipo de gato está demasiado asustado como para responder adecuadamente.

Mientras tanto, el ratón ha perdido el respeto por el gato, creyéndolo vago y mimado por todos esos ratones que han aceptado su supuesta superioridad sin dudar.

El juego, por tanto, ha llegado al final de su existencia y solo en muy raras ocasiones, como en la historia que voy a contar, se juega con el vigor de tiempos pasados.

Mi historia empieza con el ratón, que en este caso es ella, escondida en un agujero. Está vestida con un trapito que es lo más moderno para un ratón en el mundo del gato, pero que apenas cubre su desnudez y la deja siempre expuesta y sintiéndose explotada.

Aun así, nuestro ratón se siente relativamente a salvo del gato por su rebelde naturaleza, que él interpreta como frío desprecio. Algo que al ratón le parece muy bien, porque el gato le da asco.

—¡Ja, ja! ¡Cobardes! —reía el ratón cuando otro gato se apartaba a toda prisa del agujero en el que estaba escondida, intentando alejarse de la criatura que había dentro—. ¡Qué miedo tienen esos grandes y poderosos gatos cuando se encuentran con la furia de un pobre ratón! Escaparé del destino de mis hermanas con mera animosidad como defensa.

Desde luego, no le resultaba difícil mostrar sentimientos de animosidad. Ella odiaba ser explotada en un mundo dominado por los gatos, no habiendo sido apreciada por su inteligencia o su sensibilidad. Y aun así, cada vez que un gato se detenía a la entrada de su agujero para mirarla, se sentía invadida por sensaciones extrañas y turbadoras.

Pero se negaba a dejar que los gatos la vieran asustada o, más exactamente, que descubrieran su secreto de encontrarse algún día con un gato de verdad, como esos sobre los que había leído en las novelas románticas. De modo que los insultaba, riéndose cuando salían corriendo.

Al oír que se acercaba otro gato, puso su mejor expresión de desdén. Era mucho más grande que ella, como todos los demás, pero se recordó a sí misma que el tamaño no lo es todo. Estaba segura de que su voluntad era superior a la del gato e hizo un esfuerzo para permanecer altiva cuando su enemigo se colocó en la entrada del agujero, mirándola de arriba abajo.

Al verlo, tan arrogante, una furia habitual la conmovió. ¿Por qué se creían los gatos con derecho a mirar a los ratones de esa forma tan grosera? ¿Por qué aquel se consideraba un comportamiento normal? Si ella se comportase como otros ratones, el gato esperaría que se sintiera halagada por sus atenciones. De modo que levantó la barbilla un poco más y miró a los ojos del gato con absoluto desprecio.

Era raramente atractivo, se dio cuenta entonces. En realidad, era extraño que un gato se preocupase por su apariencia en nuestros días. Generalmente iban tan desarreglados, tan sucios, que ofendía a una estar a su lado. Pero claro, los ratones estaban tan ocupados preocupándose de su propia apariencia que raramente se paraban a pensar que los gatos no merecían que perdiesen el tiempo por ellos.

Este gato, en cualquier caso, era uno de los pocos que podrían merecer la pena. Pero esa era más razón para evitarlo, en opinión de nuestro ratón, porque los gatos guapos eran peores que los feos.

Todo el mundo los buscaba y ellos lo sabían, de modo que era difícil ganarse su afecto durante un momento y mucho menos conseguir algún tipo de devoción o compromiso. Mientras miraba la expresión segura de este gato, se dio cuenta de que seguramente tendría un grupo de ratones a su servicio y decidió ver más allá de su apariencia física.

Pero era imposible no fijarse en el pelo espeso que caía en ondas sobre su cara, en las facciones perfectas, con una expresión de total seguridad en sí mismo. Su cuerpo musculoso se movía con singular gracia y elegancia. El instinto del ratón le advirtió que lo mejor sería librarse de él cuanto antes, de modo que sacó su arma más efectiva: la lengua.

—Mira todo lo quieras —le espetó—. Nunca podrás tocarme.

Porque, al menos, en aquel extraño mundo en el que vivían, no estaba permitido que un gato tocase a un ratón contra su voluntad. Desde luego, no tenían que hacerlo, ya que los ratones se entregaban a los gatos para ser sus esclavos.

Para sorpresa del ratón, el gato sonrió. Lentamente, metió la mano en el agujero y, con mucho cuidado, levantó el trapo que la tapaba, dejándola expuesta a sus ojos. Ella lo apartó de un manotazo.

—Pero has dicho que podía mirar todo lo que quisiera, ¿no? —rio él.

El ratón tenía una debilidad: era altamente competitiva, especialmente en asuntos de ingenio y voluntad.

La suya era una personalidad que podía ser llevada fácilmente al juego del gato y el ratón. La inteligente réplica del gato, combinada con su actitud relajada y la aparente falta de preocupación por su mal carácter, eran tentación suficiente como para ignorar sus aprensiones. Incluso para cambiar de opinión sobre lo de librarse de él rápidamente. Quizá sería mejor atormentarlo un poco antes.

—Solo lo decía por ti. No quiero que tu ego sufra al ser rechazado.

—Es un detalle que te preocupes por mí —repicó él, con una sonrisa—. Pero sobre ese asunto los dos sabemos que no tienes que preocuparte.

Ella se preguntó si quería decir que no la encontraba deseable o si tendría tal seguridad en sí mismo que estaba convencido de que diría que sí. El gato vio su confusión y rio de nuevo.

—Supongo que tienes muchos ratones para elegir. Seguro que tienes un harén esperando hacer lo que tú ordenes.

Una de las cosas que más detestaba en ese moderno mundo de gatos era que los ratones estuvieran dispuestos a rebajarse vendiéndose como esclavas sexuales. Y, sin embargo, debía de dolerles en su orgullo saber que, aunque podían comprar lo que quisieran de un ratón, siempre estaban obligados a pagar por ello.

Con ese comentario había querido decir que también él tendría que pagar por los favores sexuales, aunque sospechaba que, en su caso, no sería así.

El gato no pareció molesto por el comentario, sin embargo.

—Aun así, voy a darte la oportunidad de ser mi esclava... si me lo pides con educación.

Le encantó ver un brillo de rabia en sus ojos. Le encantaba tomarle el pelo.

—¡Yo no quiero ser tu esclava!

—Si no desearas secretamente ser mi esclava no habrías sacado el tema.

Su arrogancia la sacaba de quicio.

—¿Puedes ser tan engreído como para pensar que era eso lo que quería decir?

—Me apostaría la cola.

—Tanta confianza tienes en ti mismo, ¿eh? —lo retó ella, buscando una oportunidad para hacerle ver que estaba equivocado. Pero no tenía tanta experiencia como para darse cuenta de que el gato estaba tendiéndole una trampa.

—¿Quieres que te lo demuestre?

—¡Demostrar...! —su audacia era demasiado. Una alarma de algún tipo apareció entonces en su cabeza, pero el gato la estaba provocando. Además, era emocionante conocer a un gato con un poco de personalidad. Y era su deber ponerlo en su sitio, de modo que, sin pensarlo más, le dijo:

—Si puedes demostrar que siento algo más que desprecio y asco por ti, seré tu esclava durante toda la noche.

En cuanto hubo dicho esas palabras sintió una ola de terror. ¿Qué estaba haciendo? ¿Y cuándo había salido del protector agujero?, se preguntó, mirando alrededor.

Daba igual. Ella nunca se rendiría y él, al final, se vería obligado a marcharse con el rabo entre las piernas. Ese pensamiento la hizo sonreír.

El gato también estaba sonriendo. Cuando todos los ratones parecían dóciles tontos, dispuestos a someterse a cualquier demanda, había encontrado aquella joya. Era exactamente lo que había buscado durante toda su vida. Y pensar que había estado a punto de pasar de largo por consejo de otros gatos a los que ella había rechazado...

«Bruja», la llamaban. Y cosas peores. Qué tontos. Siendo tan exquisita era de esperar que quisiera instintivamente un gato que estuviera dispuesto a luchar por ella. Reconocía esto porque también él era la clase de animal que prefiere una buena pelea antes de la cópula. Necesitaba demostrar continuamente su derecho a poseer a su pareja, mientras ella necesitaba una pareja que mereciese la pena. Gracias al instinto, el gato sabía que los dos eran iguales, aunque también sabía que ella aún no lo entendía del todo.

El gato dio un paso adelante y apartó un mechón de pelo de su cara.

—¿Quieres que hagamos la prueba?

Ella contuvo el aliento. Se le ocurrieron un par de cosas que decir, pero permaneció en silencio.

—Quizá un beso —siguió el gato.

Ella suspiró, aliviada. Solo tendría que soportar un beso sin desmayarse. Y estaba segura de que podría hacerlo. Qué dulce iba a ser mandarlo a la porra después de que él hubiera puesto toda su alma en aquel beso. Casi le dio la risa al imaginarlo.

Él la miró a los ojos y vio un brillo de burla. De modo que estaba felicitándose ya por la victoria... Muy bien, tendría que pillarla con la guardia bajada. Pero se advirtió a sí mismo que debía tener cuidado. Aquella pieza era única y no quería dejarla escapar.

Más segura, ella inclinó la cabeza esperando el beso. Pero el beso, aunque la cara del gato estaba pegada a la suya, no llegaba. De repente, se sintió impaciente. ¿Iba a hacerlo o no? ¿Qué clase de tonto dice que va a besarte y luego no lo hace?

Sus labios estaban tan cerca que casi se rozaban.

—Bueno —dijo él por fin—. ¿Dónde lo quieres?

—¿Eh?

—El beso —explicó el gato—. ¿Dónde quieres que te lo dé?

Ella lo miró, atónita. Unas imágenes que la mareaban aparecieron en su cabeza entonces, pero se obligó a sí misma a apartarlas inmediatamente. Y, sin embargo, estaba temblando. De nuevo, se recordó a sí misma que lo mejor que podía hacer era acabar con aquello lo antes posible.

¿Pero cómo iba a responder a esa pregunta sin que pareciese que quería que la besara? Aquel gato tenía una forma de decir las cosas que era de lo más irritante. De repente, se le ocurrió una idea.

—Creo que el sitio menos ofensivo sería en el pie.

—Muy bien, entonces en el pie —asintió el gato. No esperaba menos de ella. Además, la sugerente pregunta había tenido el efecto que esperaba. Su nerviosismo la había delatado, aunque solo fuera durante unos segundos.

El gato clavó una rodilla en tierra, en un gesto falsamente sumiso, y esperó. Ella se sintió decepcionada. La había dejado ganar tan fácilmente que todo iba a terminar demasiado pronto. Había pensado que sería más listo o algo... pero inmediatamente se reprochó a sí misma tales pensamientos, recordando que eran su orgullo y su libertad lo que estaba en juego.

El gato levantó delicadamente su pie y puso su cálida boca sobre él para besarlo largamente. Después del beso, ella apartó el pie de golpe... con intención de darle una patada en la cara, lo cual, de una vez por todas, le demostraría su desprecio.

Pero cuando levantó el pie para lanzar el golpe, él se movió con felina rapidez y la sujetó por el tobillo con mano de hierro. Ella dejó escapar un gemido de sorpresa. La fuerza de su mano le hizo sentir un escalofrío e intentó soltarse, pero el gato sujetaba su pie con la misma facilidad con la que sujetaría una mariposa. De repente, sintiéndose completamente desarmada, perdió el equilibrio y... cuando estaba a punto de caerse de espaldas, con la velocidad de una pantera, el gato la sujetó con las dos manos.

Al principio se sintió aliviada y luego horrorizada. Porque el gato estaba sujetando su trasero.

—Suéltame.

—Aún no hemos determinado el efecto del beso.

—¿Qué quieres decir?

—Lo que quiero decir es que tengo que ver si he sido capaz de inspirar algo más que asco con ese beso.

—Ah, bueno... creo que puedo decir que «asco» resume perfectamente lo que siento por ti —mintió ella, intentando fingir tranquilidad. Pero no era fácil con sus dos manos sujetándola por donde estaban sujetándola.

—No te creo —replicó el gato—. Y me gusta verificar las cosas siempre que es posible.

—Pues no es posible. Así que vas a tener que aceptar mi palabra.

—Pero sí es posible —insistió él—. No solo posible, sino muy fácil.

Y después de decir esto, separó sus piernas con las manos.

Al fin, ella se dio cuenta de lo que iba a hacer. Un persistente hormigueo se había instalado entre sus piernas desde antes del beso y...

—¡No! —protestó—. No me toques —insistió, intentando cerrar las piernas.

—Si es como dices, después de una breve inspección dejaré de molestarte. Pero si estás mintiendo, como creo, serás mi esclava durante toda la noche.

Ella dejó escapar un gemido de horror. ¿Cuándo se habían cambiado las tornas?

—O puedes admitir tu deseo por mí —dijo el gato.

—¡Nunca!

—Bueno, entonces no tienes nada que ocultar, ¿no?

Los ojos del gato se clavaron en ella y fue como si la hipnotizase. Y debió de ser así porque dejó que abriera sus piernas y dejó que la tocase con los dedos...

—Ajá, lo que había pensado.

Ella maldijo a su traidor cuerpo, aunque tembló de placer cuando el dedo del gato se introdujo fácilmente en su húmedo interior. Él dejó escapar un gemido ronco y la tomó entre sus brazos.

—He ganado —dijo sencillamente, antes de buscar sus labios.

Su orgullo estaba destrozado, pero no podía seguir negando que había ganado él. Aun así, concedió la victoria de mala gana. Y le mordió la lengua cuando intentó meterla en su boca. Esto no lo decepcionó en absoluto; era, de nuevo, lo que esperaba. Después de todo, entendía lo desagradable que era perder.

El gato sujetó sus brazos para que dejase de pegarle, sin parar de besarla tiernamente. Ella luchaba contra la atracción que sentía por su oponente, pero poco a poco dejó de hacerlo, aceptó su derrota y le devolvió los besos con la misma pasión. Incluso envolvió los brazos en su cuello y las piernas alrededor de su cuerpo.

Pero él solo disfrutó de su rendición total durante un momento. Había decidido que quería mucho más de ella que una noche de forzada servidumbre. Era hora de subir la apuesta.

De modo que le preguntó:

—¿Cómo es que yo, tu amo, estoy aquí sirviéndote a ti, mi esclava?

Ella se quedó atónita ante tan grosera interrupción. Había pensado que su rendición satisfaría su deseo de dominarla, pero aparentemente, estaba equivocada.

Él, sin embargo, no esperó. Dándole un azote en las nalgas, le espetó:

—Vamos, esclava.

Ella, con las mejillas coloradas, intentó arreglarse el trapo que la cubría, aunque no valiese de mucho.

—Sígueme, esclava —insistió el gato—. De rodillas.

—¿Qué? ¡De eso nada!

—¿Cómo? —exclamó él, fingiendo sorpresa. Pero, de nuevo, era lo que había esperado. Sabía que haría falta un milagro para que se pusiera de rodillas. Pero tenía poder sobre ella durante toda la noche y sabía, además, que su orgullo no le dejaría incumplir una promesa.

—Ya me has oído.

—¿Te niegas a cumplir tu promesa?

Ella lo miró un momento, deseando darle una patada.

—Seré tu esclava durante toda la noche, pero no de rodillas.

—Aceptaste ser mi esclava y una esclava está obligada a hacer todo lo que pida su amo —le recordó él—. Además, te aseguro que es muy habitual pedirle a una esclava que se coloque en esa posición... y en muchas otras.

Ella se quedo callada. Nunca había sido la esclava de nadie.

—Dime —continuó el gato—. Si fuera tu esclavo, ¿no me pondría a cuatro patas si tú me lo ordenases? Y seguro que lo harías.

Ella permaneció en silencio porque no podía negar que daría lo que fuera por verlo a cuatro patas. El gato pensó entonces que había llegado el momento de subir aún más la apuesta.

—Has sido tú quien ha propuesto el juego. Y ahora, a menos que quieras pedir otra prueba para ganar tu libertad, estás obligada a ser mi esclava durante toda la noche.

—¿Otra prueba?

—Sí —contestó él—. Pero no creo que yo quiera hacerlo. Después de todo, he ganado y...

—¡Pero podría ser doble o nada! —lo interrumpió ella.

—¿Por qué iba a perder la oportunidad de tener una esclava durante toda la noche si ya la tengo? No, olvídalo. De rodillas, por favor.

—¿Por qué estarías dispuesto a apostar?

El gato fingió pensárselo.

—Bueno, para que pudiese considerar la idea de perderte como esclava tendría que ganar algo de mucho más valor... digamos, que fueras mi esposa.

Lo había dicho sin pensar y se quedó tan sorprendido como ella al oír esas palabras. Porque, en principio, lo que había querido era extender el período de tiempo en el que sería su esclava. Pero una vez dicho no podía echarse atrás... y no quería hacerlo. Le gustaba su naturaleza retadora. Había entre ellos una química estupenda y sabía que seguirían retándose el uno al otro durante toda la vida.

Pero cuando ella oyó esas palabras casi se echó a reír.

—¿Esperas que cambie una noche de esclavitud por toda una vida?

—Serías mi esposa, no mi esclava. Pero es halagador saber que, por instinto, sabes que perderías.

Eso le fastidió.

—La última apuesta la has ganado con malas artes. Ha sido completamente injusto y te aseguro que no volverá a pasar.

Aunque no podía dejar de recordar su tentadora mano, preguntándose cómo iba a luchar contra eso...

—¿Quieres que volvamos a probar? —le preguntó el gato.

—¡No! —exclamó ella—. Lo que digo es que ha sido una prueba bárbara.

—Ah, te aseguro que es la forma más certera

de saber la verdad. Lo que sentí ahí abajo no era «asco» en absoluto.

—Si ejerces en mí el impacto que crees, deberías haber arrancado la verdad de mis labios.

—¿Es otra prueba?

—Bueno, yo... ¡Sí!

—Entonces aceptas los términos... ¿te convertirás en mi esposa?

—¡Esos términos no son justos! —protestó ella.

—No sé si es justo o no. Pero lo es para mí, que soy el vencedor. O lo tomas o lo dejas.

Ella apretó los labios. No pensaba aceptar esa estupidez.

—No, será mejor dejarlo como estaba. Seré tu esclava por esta noche y ya está.

El gato suspiró, preguntándose qué tendría que hacer para convencerla de que fuera su esposa. Aunque estaba seguro de que no tardaría mucho.

—A cuatro patas, esclava —le recordó.

Ella respiró profundamente. Pero cuando intentó ponerse a cuatro patas sus miembros estaban rígidos. Era como si poseyeran vida propia y se negaran a doblarse en tales circunstancias. Tenía la cara colorada de rabia cuando por fin obligó a su cuerpo a someterse y acabó postrada frente al irritante gato.

La posición era nueva para ella y se sentía absolutamente mortificada. Pero había algo más.

Se sentía inexplicablemente... excitada. El gato, mientras tanto, se colocó detrás. Aunque ella apretaba las piernas lo más posible, sabía que en aquella posición no podía esconderle nada. El extraño cosquilleo que esto provocaba entre sus piernas hizo que sus ojos se llenasen de lágrimas. Se encontraba en un estado muy excitable, eso debía de ser.

El gato acarició posesivamente sus partes expuestas. Y soltó una carcajada al notar su húmedo deseo. Ella contuvo un gemido, asustada. «Debo recuperar la compostura», se dijo. Pero no sabía cómo hacerlo.

Su captor le dio un azote en las nalgas, diciendo:

—Adelante, esclava. Muévete.

Torpemente, ella se movió hacia delante, odiándolo más a cada paso. El gato caminaba detrás, disfrutando del paisaje, aunque no le gustaba nada verla sumisa. Le parecía que era más maravillosa cuando se mostraba autoritaria y antipática.

—A la izquierda, por favor.

Ella se detuvo de golpe.

—Pero entonces saldremos a la calle... —protesto, horrorizada.

Por algún milagro, no habían sido vistos hasta entonces, pero si salían sería imposible no encontrarse con otros gatos y otros ratones. Aquel monstruo que ahora era su amo no sería tan perverso como para forzarla a salir de esa guisa.

—Muy bien. Ya sé adónde iremos. Necesito aire fresco y tú me vas a acompañar.

—¡Pero ahí fuera hay gatos!

No pensaba hacerlo. No iba a salir. Haría lo que fuera antes que servirle públicamente a cuatro patas.

—¡Adelante, esclava!

Ella no se movió.

—¡No!

—Muévete, bruja —insistió él. Pero su voz había perdido autoridad. No quería que otros gatos la vieran así, en realidad—. Y si no quieres moverte, acepta la otra prueba.

—Acepto la prueba —dijo ella entonces, entre sollozos.

—Muy bien, entonces levántate. A menos que te haya empezado a gustar ir a cuatro patas...

Nuestro ratón se levantó como por un resorte. Estaba temblando de alivio y se ocupó en limpiarse el trapo del polvo que había en el suelo. Se estaba humillando sin razón ninguna. ¿Por qué había tenido que aceptar aquella absurda apuesta? Pero daba igual. No iba a perder de nuevo. Y ahora sí que lo odiaba.

El gato la llevó hasta su casa que, por supuesto, era mucho más grande que su pequeño agujero en la pared. Le molestaba que los gatos siempre tuvieran casas más grandes que los ratones, especialmente porque los ratones trabajaban tanto como ellos, si no más.

—Entonces, lo único que tengo que hacer es permanecer aquí contigo, sin... sin...

—Sin confesarme tus verdaderos sentimientos —terminó el gato la frase por ella.

—Sin confirmar tus «ilusiones sobre mis sentimientos por ti». ¿Y cuánto tiempo piensas retenerme en tu casa?

—¿Dos horas serán suficientes? —preguntó el gato—. No tardaré dos horas en hacer que confieses tu atracción por mí, pero dos horas es el tiempo que me gusta pasar ejerciendo este tipo de actividad —añadió, acercándose a la ventana para esconder su cara. Solo podría derrotarla si le hacía morder el anzuelo.

—Me da igual lo que tú quieras —replicó ella.

—¿Esa es una manera de pedirme tres horas?

—Dos horas es más que suficiente. No podría soportar tu presencia más de eso. Y serás tú el que confiese, no yo.

—¿Otra apuesta?

—Pues... sí, creo que podría tolerar que fueras mi esclavo durante dos horas.

—A ver si te entiendo. Si declaras tu obvio deseo por mí, serás mi esposa. Si soy yo quien lo declara primero, ¿seré tu esclavo?

Ella lo pensó un momento.

—Sí, así es.

—Muy bien. Pero, para que lo sepas, si esperas que haya alguna oportunidad de conseguir una declaración por mi parte, tendrás que hacerlo allí —dijo el gato, señalando su enorme cama.

Nuestro ratón se mordió los labios. Ella había pensado lo mismo. ¿Y por qué no? No le importaría recibir placer de un gato que había conseguido sacarla de quicio como ninguno.

Él estuvo a punto de echarse atrás al ver su expresión decidida. Quizá debería haber aceptado lo que podía mientras era su esclava... Pero no, eso no le habría satisfecho. La quería para siempre como su rival y su compañera.

De modo que dio un paso adelante y levantó su barbilla con un dedo. Decidido a ganarse su corazón, buscó sus labios delicadamente. Decidida a ganar la apuesta, ella recibió sus labios con fervor. Ahora, al menos, podía dejarse llevar por el deseo sin represiones. Al fin y al cabo, el gato le había exigido que «dijera» que lo deseaba y eso era algo que no pensaba hacer por nada del mundo.

Con un movimiento grácil, el gato la tomó en brazos para llevarla a la cama. Quería quitarse la ropa y sentir su piel desnuda, pero necesitaba la ventaja de estar vestido durante el mayor tiempo posible. Además, la quería completamente relajada, de modo que, prudentemente, apagó la luz.

Luego se inclinó sobre ella, le quitó el trapo que llevaba puesto y siguió besándola mientras exploraba su cuerpo con las manos.

Aunque sus manos y sus labios le hacían sentir escalofríos, ella podía oír una campanita de advertencia... aunque era demasiado lejana. Además, no debería ser tan pasiva. Debería ser ella quien intentara seducirlo. Después de todo, no quería solo ganar la apuesta, quería verlo a cuatro patas. Quería que fuera su esclavo.

De modo que se incorporó y apoyó las manos en su torso para empujarlo hacia el colchón. Cuando él se sometió, empezó a quitarle la ropa. Su cuerpo era tan hermoso en su masculinidad que no podía dejar de preguntarse si desnudándolo estaba poniéndose en peligro.

Respirando profundamente, acercó los labios a su cara. El gato intentó besarla, pero ella se apartó y luego repitió la acción hasta que él le dejó controlar el beso. Una vez ganada aquella pequeña batalla, empezó a besarlo en el cuello, en el torso... hasta que le oyó contener el aliento. Se dio cuenta entonces de que tenía una ventaja sobre él, ya que su excitación era bien visible.

Su confianza aumentó mientras acercaba los labios a la protuberancia que lo delataba. El gato hizo un patético intento de detenerla, pero se quedó inmóvil cuando ella empezó a chupar suavemente la punta...

Un gemido escapó de sus labios y ella se preguntó entonces si eso contaría como una confesión. Ese gemido, trasladado al lenguaje, sería una expresión de su obvio deseo.

Pero sabía que necesitaba más. Y había más de una manera de pelear con un gato, se dijo. De modo que siguió chupando, metiéndolo más profundamente en su boca, sufriendo el tamaño de su miembro al sentir el roce en su garganta. Pero, de repente, él apartó su cabeza.

—¿Qué pasa? ¿Tienes miedo?

—No, en absoluto —contestó el gato—. Sencillamente, quiero más.

Y después de decir eso, la tomó por la cintura y la tumbó sobre la cama, a su lado, pero mirando hacia abajo. Nuestro ratón sabía lo que quería y empezó a protestar, pero él levantó una ceja, como retándola a negarse.

¿Qué podía hacer?

De nuevo, lo tomó en su boca. Las grandes manos del gato sujetaron su trasero mientras sus labios y su lengua descendían sobre ella. Su lengua, con la puntería de un compás, fue directamente hacia el punto mágico y empezó a hacer círculos. Ella intentó apartarse de su hábil adversario, pero él la sostuvo firmemente con las manos mientras seguía torturándola con la lengua.

Nuestro ratón se dio cuenta entonces de que había parado de hacer lo que estaba haciendo mientras intentaba defenderse. Pero, haciendo un esfuerzo para concentrarse, lo tomó con los labios, lamiendo y chupando furiosamente para darle tanto placer como le estaba dando él. El gato pareció sorprendido por el vigoroso asalto y se detuvo un momento mientras intentaba recuperar el control, pero solo un momento.

Los dos temblaban y gemían por el placer que estaban recibiendo, pero ninguno de los dos dejaba que el otro estuviera satisfecho del todo. En lugar de hacerlo, se llevaban hasta el borde del abismo y luego se detenían, esperando que el otro hiciera el ruego que terminaría con su tormento.

El gato estaba tan excitado que ella podía saborear su placer, que salía en gotitas saladas por la punta de su miembro. También él, cuando se apartaba del diminuto capullo tembloroso para sumergir su lengua en su húmeda cueva, disfrutaba al notar el efecto que ejercía en ella. Estaba tan cerca... lo sabía, estaba seguro.

Si era capaz de aguantar un poco más podría disfrutar de ese placer para siempre. Pero se dio cuenta de que tendría que hacer algo rápido si quería ganar. Porque empezaba a perder el control.

Deteniéndose abruptamente, se incorporó un poco y separó sus piernas. Su grito, cuando la penetró, le deleitó de tal manera que estuvo a punto de rendirse allí mismo y confesarle la verdad. Sabía que era extremadamente peligroso tomarla así cuando estaba tan excitado, pero era su única oportunidad. Era físicamente más fuerte que ella, aunque ella fuera su igual en la cama. Con eso en mente, se mordió los labios e intentó controlar la apuesta, excitándola más y más. Puso la mano en el sitio donde antes había estado su lengua y la rozó suavemente mientras la penetraba una y otra vez.

Nuestro ratón estaba a punto de terminar. Su rostro estaba ardiendo y jadeaba para encontrar aire. Pero no iba a rendirse.

Todos los músculos del cuerpo del gato estaban tensos como cuerdas de violín mientras intentaba mantener el control...

—Vamos, cariño.

Había llegado el momento. Vio la vulnerabilidad en su cara mientras se acercaba al clímax y, odiándose a sí mismo por ello, se apartó.

Ella lo miró, horrorizada. Su mano bajó hasta el sitio que deseaba ser tocado, pero él la interceptó firmemente.

—Por favor...

—¿Por favor qué?

Sus labios estaban tan cerca que se rozaban al hablar. El deseo de recibir placer era tremendo, pero ella no pensaba rendirse. El gato volvió a introducir su miembro y luego se quedó parado. El sudor rodaba por su espalda y todo su cuerpo exigía una liberación, terminar con ese tormento, pero se contuvo.

—Dime lo que deseas —le dijo en voz baja mientras empezaba a moverse—. Eso es todo lo que tienes que hacer. Dímelo, nena. Dilo.
—Oh, no...
—Oh, sí.
Como un instrumento bien afinado, su cuerpo respondía a cada embestida. ¿Por qué tenía que ser tan terca? Iba a hacerla una mujer feliz. Cuando la excitación amenazaba con abrumarlo del todo y estaba a punto de llegar al final, pensó que la perdería para siempre, y eso fue suficiente para calmar su ardor.
—Dime lo que quieres —murmuró, sacando su miembro casi del todo... para penetrarla de nuevo.
—¡No! —gritó ella. Pero se refería a que él hubiese parado—. Por favor, no pares...
—Dime que lo deseas —repitió él.
—Yo...
—Dímelo, cariño.
—Te... deseo —tuvo que decir ella, con los ojos llenos de lágrimas.
El gato quería consolarla, pero eso podía hacerlo más tarde. Los dos habían esperado demasiado tiempo, decidió. Volvió a empujar un poco más, pensando sellar su victoria con la satisfacción final, pero de repente recordó el premio que había ganado y lo que le había costado a ella.
Usando el poco control que le quedaba, vol-

vió a concentrarse en darle placer. No podía creer que casi se hubiera olvidado de ella.

El gato se contuvo, haciendo un esfuerzo, concentrándose vigorosamente en el placer de ella. Esta vez la llevó hasta el final y luego con, un rugido, se vació en su interior con total satisfacción.

Se quedaron abrazados, los dos temblando después de la experiencia. Unos minutos más tarde, el gato se incorporó para observar su cara.

Pero nuestro ratón, tan testaruda como siempre, intentaba disimular que había sido la mejor experiencia de su vida. Intentó mantener un gesto de indiferencia mientras lo miraba a los ojos y decía, con toda naturalidad:

—Debo decir que me has pillado por sorpresa. ¿Qué tal si hacemos otra apuesta?

Cenicienta

Una vez hubo una princesa de cuento que no vivió feliz para siempre. Se llamaba Cenicienta y ocurrió que, muchos años después de haberse casado con el príncipe, empezó a preguntarse si no era más feliz antes de que su entrometida hada madrina la enviase a aquel fatídico baile en el palacio.

Para empezar, los una vez queridos y elogiados zapatos de cristal se habían vuelto muy incómodos. Los pies de Cenicienta sufrían el rígido confinamiento del cristal y apenas podía ir de una habitación a otra y mucho menos salir de palacio. Cualquier deseo de ir a explorar se veía rápidamente cortado de raíz al pensar en el dolor que tendría que soportar.

El príncipe también se había convertido en

una fuente de angustia para Cenicienta, que se sentía tan confinada en el palacio de su esposo como sus pies en los zapatitos de cristal. Ah, al principio todo había sido muy emocionante. Pensar que la había elegido a ella entre todas las mujeres del reino... Cuando la convirtió en su esposa, pensó que lo amaba, aunque solo fuera por esa razón.

Pero la emoción murió pronto y, a partir de entonces, a Cenicienta solo le quedaron las sensaciones desagradables. Las atenciones que le prestaba su esposo eran halagadoras al principio, pero la verdad era que tenían bien poco que ver con ella. Sus deseos y sus apetitos eran sorprendentes por su frecuencia y su ardor, casi salvajes hasta que quedaba satisfecho, pero luego se convertían en nada.

Ella admiraba y odiaba al mismo tiempo esa determinación de saciar sus deseos más básicos. El instinto inicial y sus aspiraciones de darle placer a su esposo al final habían acabado convirtiéndose en una tarea. Y en cuanto el asunto terminaba, él se apartaba, física y emocionalmente. Al final, Cenicienta se sentía sola y, a veces, un poco utilizada. Pero si su esposo no le pedía esas atenciones era peor porque se sentía inadecuada.

Además de los problemas que tenían cuando estaban juntos, había otros que surgían cuando estaban separados. Cenicienta, en su tedio, no hacía más que preguntarse dónde estaría su esposo y qué haría cuando no estaba con ella. Sola, teniendo únicamente los zapatitos de cristal por compañía, se sentía olvidada.

De modo que empezó a envidiar al príncipe y las cosas que hacía. E incluso a la gente con la que hacía esas cosas.

Todo era muy deprimente. Además, Cenicienta estaba disgustada consigo misma. ¿No había hecho todo lo posible para conseguir el puesto de princesa? ¿Por qué ella y todas esas chicas habían competido de tal forma por un hombre al que apenas conocían?

Lo peor de todo era la sensación de no poder hacer nada. Seguía importándole el príncipe, pero no la hacía feliz.

Un día, todo fue demasiado para ella y, en un ataque de ansiedad, abrió las puertas de palacio y salió corriendo. El sol brillaba en el cielo, como animándola, y los pájaros cantaban una alegre tonadilla que hacía que todo pareciese posible, de modo que Cenicienta empezó a correr. Pero le dolían tanto los pies que pronto tuvo que dejar de correr para sentarse en el tronco de un árbol. Y entonces empezó a llorar.

De repente, a su alrededor oyó un sonido de campanitas acompañado por unas luces...

Cuando levantó la mirada, allí estaba su hada madrina.

—¿Qué te ocurre, Cenicienta?

—¡Oh, hada madrina! ¡No soy feliz!

Su hada madrina se quedó helada. No era habitual ser llamada por las lágrimas de una ahijada a la que ya había encantado con sus poderes. De hecho, nunca le había ocurrido antes. De modo que se sentó al lado de Cenicienta y tomó su mano tiernamente, decidida a descubrir cuál era la causa de su pena. ¿Sería posible que la bruja hubiese lanzado un hechizo?

—Dime, querida, ¿qué es lo que te hace infeliz?

Cenicienta lo pensó un momento. ¿Cómo podía explicarlo? No había nada concreto que la hiciese infeliz, era más bien que nada la hacía feliz. Entonces recordó los zapatos de cristal. Desde luego, eran una fuente de infelicidad que podía identificar fácilmente.

—Los zapatos de cristal que me regalaste me hacen muy infeliz, hada madrina.

—Pero si están hechos para ti.

¿Cómo se atrevía esa chica a cuestionar sus poderes?

—Sí, bueno, pero es que casi no puedo moverme...

Su hada madrina se quedó en silencio. ¿Qué podría decir? ¿Quién iba a pensar que alguien que ha llevado puestos unos zapatos hechos de puro cristal en el reino de un príncipe azul querría, además, moverse?

—No puedo ser yo misma con estos zapatos

—siguió Cenicienta—. Ya ni siquiera recuerdo quién soy.

—Ah —suspiró su sabia hada madrina.

No podía entender qué tenía que ver esa queja con los zapatos de cristal, pero ella entendía bien los problemas de identidad. ¿Qué hada madrina no sería una experta en ese tema con la cantidad de ranas que se creían príncipes y los lobos que se hacían pasar por abuelitas?

Y la cura para eso eran un par de zapatillas hechas con la piel más suave de un cordero, cosidas con los tendones de las alas de un murciélago y con suelas hechas con las ancas de mil ranas. Las zapatillas eran increíblemente cómodas y servían, además, para aumentar los deseos y la conciencia de quien las llevara.

—Creo que tengo la cura —anunció—, pero debo advertirte... descubrirse a uno mismo es una actividad muy solitaria. Y la persona que lo pruebe debe intentar no enfadar a aquellos que más le importan.

Cenicienta asintió con la cabeza, impaciente. La advertencia resultaba demasiado ambigua como para ser una preocupación.

De modo que, sin decir una palabra más, el hada madrina movió la varita mágica para tocar los pies de Cenicienta y las dos vieron, fascinadas, cómo desaparecían los zapatos de cristal, reemplazados por unas zapatillas de un color rosa muy pálido y un material suave como la seda. El exótico material parecía incrustado en sus pies, desde los dedos hasta el tobillo. Cenicienta los movió de un lado a otro, admirada, ya que nunca había visto nada más exquisito.

Tenía los pies prácticamente dormidos por el dolor de llevar siempre los zapatos de cristal, pero poco a poco parecían despertar a la vida, recuperar la circulación. Cuando movió los dedos, experimentó una especie de cosquilleo recorriendo sus piernas…

Sintiendo como si tuviera las habilidades de una gacela, Cenicienta se levantó de un salto y rio alegremente mientras hacía una pirueta. Su hada madrina sonreía. Quizá también ella debería ponerse unas zapatillas como esas…

Esa noche, cuando el príncipe volvió al palacio, llamó a Cenicienta una y otra vez, solo para descubrir, una y otra vez, que Cenicienta no estaba allí. Eso le preocupó mucho porque no había ocurrido antes y también porque, aunque su reino pareciese una balsa de aceite, también tenía sus peligros. Por ejemplo, había ogros y brujas en el bosque, esperando una oportunidad para infiltrarse entre la gente y causar problemas.

Mientras la buscaba por todo el castillo, el príncipe empezó a preocuparse de verdad. ¿Podría haberle ocurrido algo a Cenicienta?

Cuando estuvo seguro de que su esposa no estaba en el palacio, el príncipe, galantemente, montó en su brioso corcel y salió a buscarla. Dio una vuelta al castillo y luego al reino, parándose en cada casa para preguntar si habían visto a Cenicienta.

La búsqueda continuó durante varias horas, hasta que llegó a cierta taberna de la que salía una alegre música. Frustrado y exhausto, pensó que su esposa no podía estar de forma alguna en la taberna, pero aun así decidió entrar.

El príncipe se quedó boquiabierto cuando las puertas de la taberna se cerraron tras él y allí, frente a sus ojos, se encontró a Cenicienta riendo y bailando como si no tuviera una sola preocupación en el mundo. Su expresión era... parecía más feliz que nunca. O, al menos, parecía tan feliz como aquel día, en el baile, cuando se conocieron.

Había sido esa expresión de felicidad lo que robó su corazón, cegándolo para todo lo que no fuese encontrarla y hacerla su esposa.

Pero, poco después de casarse, esa expresión había desaparecido de su rostro y ceños arrugados y labios fruncidos ocuparon su lugar.

Hasta aquel momento.

Aunque el príncipe había deseado volver a ver esa expresión de alegría en el rostro de su esposa, aquel no era desde luego el sitio donde había esperado verla. ¿Por qué estaba allí? ¿Con quién estaba? ¿Cómo podía haber ido a una taberna sin pensar en su posición, en sus sentimientos? ¿Sin dejarle una nota diciendo dónde podía encontrarla? Estaba totalmente confuso, pero la confusión dio paso a la ira mientras se acercaba a ella.

Por fin, Cenicienta se fijó en el príncipe y lo miró, atónita, antes de echarse en sus brazos. Estaba sin aliento, sonriendo de nuevo, como solía hacerlo antes.

—¡Por fin has llegado, cariño!

El príncipe se quedó completamente desarmado.

—¡Estaba deseando que llegases y has llegado! —siguió ella, mirándolo a los ojos como si buscase algo.

—¿Dónde has estado? —preguntó él, muy serio—. ¿Por qué no me has hecho saber que ibas a salir del palacio?

—Hasta hace un minuto me había olvidado por completo de ti —le confesó Cenicienta cándidamente.

El príncipe volvió a quedarse estupefacto.

—Voy a llevarte a casa —anunció, tirando de su brazo para sacarla de la taberna. No quería ni pensar en lo que dirían los parroquianos...

Mientras iban hacia el palacio, los dos montando un mismo caballo, Cenicienta apretaba la entrepierna contra él y sus brazos envolvían tiernamente su torso. Se sentía excitada y llena de vida montando así con su esposo y la estimulaba el roce del caballo. Era como si cada minuto fuera suyo para disfrutarlo. No quería dejar pasar un solo momento sin experimentar felicidad.

El príncipe intentaba mostrarse distante, pero era casi imposible, ya que Cenicienta estaba frotándose descaradamente contra él. Algo que no había hecho nunca. Debía de estar tomándole el pelo pero, por si acaso, detuvo el corcel y la obligó a bajar. Y entonces volvieron de nuevo a territorio familiar: él, arrancando la falda de su esposa. Sabía lo que quería y que ella se lo daría gustosamente...

De repente, Cenicienta se apartó de su esposo y empezó a correr, medio desnuda, en la oscuridad. El príncipe no podía verla claramente, pero podía oírla reír como una niña.

Cenicienta daba vueltas y vueltas en medio del campo. No sabía por qué, pero no le apetecía que su esposo la tomase en aquel momento.

El príncipe la siguió, llamándola a voces. Y esto le divirtió aún más. El aire era fresco y empezó a sentir un delicioso cosquilleo entre las piernas...

Su esposo había llegado al límite de su paciencia y la llamó de nuevo, con el tono que usa un padre con un niño rebelde. Pero Cenicienta no le prestó atención y siguió bailoteando por el prado.

El príncipe decidió entonces poner fin a tan extraño comportamiento. Y la única manera de hacerlo era lanzarse sobre ella, de modo que se escondió detrás de un árbol. Su corazón latía con más fuerza de la acostumbrada. También él se sentía, de repente, más vivo que nunca.

En cuanto percibió que el príncipe estaba acosándola, Cenicienta dejó de reír. ¿Dónde se había escondido? Estaba muy oscuro y había demasiadas sombras... Se sintió invadida entonces por un miedo infantil pero, a la vez, una extraña anticipación empezaba a crecer en ella, alejando sus miedos, diciéndole que debía atreverse...

¿Atreverse a qué?

Se quedó parada un momento, aguzando el oído... sabiendo que su esposo estaba agazapado en alguna parte, en la oscuridad. Que el príncipe estuviera acosándola la excitaba. Cenicienta levantó el pie para dar un paso pero, tan rápido como un puma, el príncipe se lanzó sobre ella y buscó sus labios en un beso abrasador. Todo su cuerpo empezó a temblar entonces. Cuando lo miró a los ojos, en ellos no vio enfado sino un ardiente deseo. Los ojos de Cenicienta reflejaban ese deseo, de modo que el príncipe volvió a besarla, pero esta vez con mucha más ternura.

La tumbó luego sobre la hierba, le quitó la ropa y, por fin, se quitó la suya. Sus manos volaban sobre la piel de su esposa, al principio delicadamente y luego de manera más exigente, redescubriendo los sitios que más le gustaban.

El príncipe se inclinó sobre Cenicienta y besó las puntas de sus pechos mientras la tocaba entre las piernas. Pero, como ocurría siempre, las manos del príncipe se volvieron entonces bruscas e incluso ofensivas y brutales.

No. No dejaría pasar esa oportunidad, pensó Cenicienta, sujetando las manos de su esposo. El príncipe la miró, atónito, mientras ella colocaba la mano correctamente entre sus piernas, apretando las yemas de sus dedos sobre ese sitio en particular que siempre había deseado que tocara. Movió sus dedos suavemente, con la presión justa...

Cenicienta se percató de su sorpresa, pero ¿no la había sorprendido él en otras ocasiones?

El príncipe dejó que Cenicienta lo guiase, intentando controlar su natural tendencia a agarrar y apretar. Y se dio cuenta entonces de que había tratado siempre a su esposa como un bruto.

Como hipnotizado, el príncipe miraba sus dedos girando suavemente... Tuvo que hacer un gran esfuerzo de autocontrol para contenerse, pero concentró en ello todas sus energías. Cuando por fin Cenicienta apartó la mano y lo dejó hacer, le conmovió que moviese las caderas buscando sus dedos, que se habían vuelto algo más sabios.

Usando las yemas, el príncipe intentó memorizar lo que tocaba. Sobre el triángulo de rizos había un pequeño capullo que parecía muy tierno. Notó entonces que Cenicienta temblaba cada vez que lo acariciaba de cierta manera, haciendo círculos, con la tensión y la velocidad justas. Le emocionaba tanto verla temblar que no pudo resistir la tentación de introducir un dedo. Y cuando notó la humedad se sintió recompensado por sus esfuerzos.

De vez en cuando, el príncipe, en su impaciencia, empezaba a frotar con más fuerza, pero cada vez que lo hacía ella volvía a apartar su mano para recordarle cómo le gustaba. Cada uno de esos pequeños incidentes provocaba otra oleada de excitación. Todo aquello era tan nuevo para él... Pero aun así, el príncipe estaba decidido a dejarla completamente satisfecha.

Cenicienta respiraba con dificultad. Se había olvidado momentáneamente del príncipe porque en su cabeza aparecían nuevos escenarios... escenarios que no tenían nada que ver con su esposo. El príncipe, mientras tanto, podía sentir que su esposa estaba muy cerca del clímax que ella tantas veces le había ofrecido, de modo que se concentró en lo que estaba haciendo. Y cuando ella terminó, la besó y lamió allí, disfrutando de su humedad. Cenicienta gemía y temblaba de contento.

Pero para entonces la resistencia del príncipe había llegado al límite, de modo que se incorporó un poco y la penetró... y fue mejor que nunca. Su vulva nunca había sido más invitadora, más suave, más húmeda. Intentaba desesperadamente aguantar el placer el mayor tiempo posible porque no quería que terminase nunca, pero no podía parar y, por fin, llegó aquel exquisito alivio que desaparecía mucho más rápido de lo que había llegado.

Después, el príncipe abrazó a Cenicienta durante mucho más tiempo del normal, temblando y gruñendo mientras la apretaba contra su pecho. Fue ella quien se movió primero. Se vistieron en silencio porque Cenicienta tenía sueño para entonces y él la sostuvo protectoramente con su mano durante el camino hacia el palacio.

Una vez allí, la ayudó a bajar del caballo, la llevó a la cama y le quitó las suaves zapatillas de color rosa. Luego se tumbó a su lado y se quedaron profundamente dormidos.

A la mañana siguiente, Cenicienta despertó sola, como siempre, porque ella no solía madrugar, pero sobre la almohada había una rosa. Eso la hizo sonreír... pero, de repente, se quedo inmóvil, recordando lo que había ocurrido por la noche. Se preguntó entonces qué pensaría su esposo sobre su extraño comportamiento. No había dicho nada pero... la verdad era que no habían hablado en absoluto.

Cenicienta estaba levantándose de la cama cuando vio las zapatillas en el suelo. Tomó una de ellas y, al hacerlo, sintió un extraño escalofrío en el brazo. Pero era tan bonita, tan suave, que no pudo evitar calzársela y, de repente, se olvidó de todo, excepto del deseo de experimentar lo que la vida quisiera ofrecerle.

Y, de nuevo, se olvidó del palacio, de sus obligaciones y de su esposo, el príncipe.

Aquel día Cenicienta sentía un gran interés por su reino y, particularmente, por la gente que vivía en él. Había estado tan apartada de todo hasta entonces que deseaba saber cómo vivían sus súbditos. De modo que fue a visitar pueblos y tiendas. Había tantas cosas interesantes... Y ella encerrada en el castillo como Rapunzel, demasiado incómoda y asustada como para tomar parte en algo. Descubrió entonces que había varias cosas que le interesaban y el día pasó tan rápidamente que apenas se dio cuenta de que había llegado la noche.

Mientras tanto, el príncipe había vuelto al palacio de nuevo y, de nuevo, comprobó que Cenicienta no estaba allí. Suponiendo que habría vuelto a la taberna, montó en su caballo y fue a buscarla. Pero no estaba allí y nadie sabía nada sobre su paradero. De nuevo, el príncipe se encontró buscándola por todo el reino... y furioso con ella.

Aunque la noche anterior, en el bosque, le había dado gran placer, era sorprendente con qué lascivia se había dejado llevar su esposa por los deseos y apetitos carnales. Algo que no había ocurrido nunca. Se preguntó entonces dónde estaría y con quién... y sintió celos. ¿Podría haberse olvidado de él otra vez? Era frustrante que se olvidase de él y buscase la compañía de otros hombres después del esfuerzo que había puesto en darle placer.

Esos pensamientos solo sirvieron para enfadarle aún más. De repente, el príncipe se sintió cansado y decidió volver a casa y terminar con aquel juego de niños.

Pero cuando volvió al palacio descubrió que Cenicienta había vuelto también y de muy buen humor, riendo y sin darse cuenta de su enfado. Le contó todo lo que había hecho aquel día, las cosas interesantes que había visto... No había nada malo en ello y, a pesar de todo, el príncipe se animó. Porque era imposible que un esposo permaneciese enfadado cuando su esposa era tan feliz.

Aun así, sentía cierta ansiedad. Era como si todo estuviera cambiando. ¿Sería para mejor o para peor?

El príncipe abrazó a su sonriente esposa y ella lo besó con fervor. Pero mientras la besaba empezó a meter la mano bajo la falda, como hacía siempre. Cenicienta podía sentir el rígido miembro bajo su pantalón, pero se apartó bruscamente de él, ofendida por su poca delicadeza. Vaya, era como si su esposo se encendiese con solo tocar un botón.

—Quiero darme un baño. ¿Me lo prepararías?

¿Cómo iba a negarse?, pensó el príncipe. Mientras se llenaba la bañera, pensó que las burbujas podrían hacer que el baño fuese más placentero para los dos. Y quizá unas cuantas velas harían que las burbujas brillasen... preparar tal escenario le hizo olvidar su enfado de nuevo. Y cuando su esposa entró en el baño le guiñó un ojo. ¿Estaba coqueteando con él?

Cenicienta se desnudó y se quitó las zapatillas para meterse en la bañera, suspirando. El príncipe tomó el jabón y lo pasó por todo su cuerpo, desde el cuello hasta los pies, acariciándola con él. Ella cerró los ojos mientras su esposo le hacía preguntas sobre lo que había hecho ese día...

A Cenicienta se le ocurrió pensar que su esposo era mucho más atento cuando la deseaba que cuando ya le había dado placer.

Y sus atenciones estaban haciendo que también ella lo deseara.

El príncipe, después de lavar sus piernas, estaba lavando sus partes íntimas. Cenicienta había estado charlando alegremente hasta entonces, pero sus atenciones la silenciaron. Sentía las manos de su esposo lavando cuidadosamente su vulva y luego deslizándose... hacia el orificio de atrás, lavándola allí también concienzudamente hasta que ambas partes estuvieran limpias como los chorros del oro. Después lavó su torso y sus pechos, los hombros, la espalda...

El baño fue tan placentero que el corazón de Cenicienta estaba tan excitado como el resto de sus sentidos. Porque aquel no era el baño de un amante impaciente.

Suspirando, salió de la bañera cuando su esposo se lo pidió. El príncipe tomó una toalla entonces y la secó de arriba abajo, prestando especial atención entre sus piernas, con una meticulosidad que la dejó sin aliento. Luego se arrodilló delante de ella y secó sus pies, levantando por turnos uno y otro.

El príncipe tiró entonces la toalla y, sin levantarse del suelo, empezó a besar su estómago mientras le acariciaba el trasero. Cenicienta empezó a temblar cuando sintió los labios de su esposo en la ahora limpísima abertura, su lengua saliendo en busca del secreto capullo que había descubierto la noche anterior.

El príncipe lamía una y otra vez, separándola con los dedos, introduciendo la lengua en los sitios más secretos. Toda su energía estaba centrada en la parte que exploraba, como si solo existiera eso. Y Cenicienta respondía gimiendo ahogadamente.

Por fin, el príncipe había encontrado lo que estaba buscando y lo único que le importaba era darle placer a su esposa. Acariciaba y lamía con la lengua, lenta y meticulosamente...

Las manos de Cenicienta fueron, por instinto,

a su cabeza y sus dedos se enredaron en los rizos oscuros. El príncipe la sentía trémula y eso le animó aún más. De vez en cuando no podía resistir la tentación de introducir la lengua para saborear su gozo y esto los hacía gemir de placer a los dos.

Pero, de repente, Cenicienta decidió que su esposo se uniera a ella en el juego. En su mente, había conjurado una imagen y quería experimentar... De modo que tomó la mano del príncipe y lo llevó a la cama. Sin decir una palabra, le quitó la ropa, disfrutando de su musculoso y masculino cuerpo y, empujándolo luego sobre las sábanas, se colocó en una posición que no dejaba lugar a dudas sobre lo que quería hacer. Se tumbó junto al príncipe, pero mirando hacia sus pies, y levantó una pierna mientras se metía su rígido miembro en la boca. Él agarró sus nalgas y tiró de ella para llevársela a la cara mientras su lengua encontraba el capullo del placer.

Cenicienta nunca había disfrutado tanto teniendo al príncipe en la boca. Antes, en el pasado, había sido una tarea tediosa, sin saber si debía hacerlo deprisa o despacio o cuándo era suficiente. Ahora, sencillamente disfrutaba al tenerlo así y le daba igual cómo lo hiciese porque, de repente, entendió que para él era mucho más fácil disfrutar. De modo que disfrutó del placer que le daba su esposo, acariciándolo con la lengua y los labios mientras se maravillaba por la dureza de su miembro. Chuparlo así la hacía sentir increíblemente erótica.

Y dejar que él se moviera dentro y fuera como le venía en gana... ah, el colmo de la lujuria.

La excitaba inmensamente cuando sus embestidas la obligaban a abrir la boca del todo o cuando lo sentía presionando con la punta sobre su garganta. Y, mientras tanto, el príncipe no dejaba de mover la lengua, de modo que Cenicienta se perdió en las sensaciones de tener la boca abierta y llena de él mientras el príncipe seguía lamiendo sus partes íntimas.

Estaba experimentando la unión más profunda con su esposo y, sencillamente, perdió la conciencia de todo lo que no fuera aquel placer sensual.

Labios y lenguas existían para lamer y chupar. Las piernas debían abrirse del todo para que unos ojos hambrientos pudiesen mirar. La piel era para ser tocada, cada célula del cuerpo para recibir y dar placer.

Aquello era, sin duda, lo que su esposo había experimentado tantas veces. Y pensar que se había enfadado con él...

Ahora entendía perfectamente por qué el príncipe disfrutaba tanto en la cama.

Cuando por fin llegó al final se quedó muy quieta, disfrutando lánguidamente de las sensaciones que seguían recorriéndola de arriba abajo. Su esposo aún no había terminado, pero sabía que lo haría y no tenía prisa. En lugar de aumentar el ritmo, saboreaba su respuesta, sintiéndolo cada vez más duro dentro de su boca.

Pero el príncipe tiró de ella para tumbarla de espaldas y le separó las piernas con una rodilla. Cenicienta levantó los brazos mientras la penetraba y, al mismo tiempo, le daba un profundo beso. Él se maravilló de lo húmeda, lo entregada que estaba. No recordaba haberse sentido nunca tan excitado. Todo su cuerpo se convulsionó cuando llegó al clímax y, en ese momento, Cenicienta parecía una parte de él, tan suya era. Su alivio fue más intenso y poderoso que nunca, haciendo que viese estrellitas.

El príncipe se quedó inmóvil después, abrazando a Cenicienta y sin salirse de ella. No dejaba de pensar en lo que había pasado esa noche, como intentando descubrir un misterio. Entonces una luz apareció ante sus ojos...

¿Por qué nunca antes había intentado seducirla, excitarla, en lugar de tomarla sin más? ¿Cómo podía haber sido tan egoísta?

Su propio placer había sido mil veces superior, por no hablar de que su miembro había aumentado de tamaño al conocer el poder que tenía sobre ella... no el poder de tenerla, sino el poder de excitarla, de hacerle perder la cabeza. Y se juró a sí mismo que nunca volvería a olvidar la importancia de hacerla partícipe de ese gozo.

Y, por fin, Cenicienta vivió feliz para siempre.

*Al este del sol
 y al oeste de la luna*

Había una vez un hombre tan pobre que apenas podía dar de comer a su familia. Vivían en una cabaña destartalada en un pueblo remoto, sin posibilidades de un futuro mejor.

Una noche, cuando el viento del norte silbaba entre los árboles sacudiendo la cabaña en la que vivían, un enorme oso blanco apareció de repente en la puerta.

—Buenas noches —dijo el oso.

—Buenas noches —replicó el hombre. Aunque nunca antes se había encontrado con un oso parlante, era bien conocido por todos en aquel lugar que los animales que hablaban eran personas encantadas. Y era, de hecho, un gran honor que una criatura como esa se dirigiese a ti.

La familia del hombre miraba al peculiar visitante con la boca abierta, ansiosos por saber qué asunto habría llevado al oso hasta su humilde morada.

—He venido a buscar a tu hija primogénita —anunció el oso entonces, sin preámbulos—. Si viene conmigo, tendrá todo lo que desee y, además, tu familia será tan rica como ahora sois pobres.

Animada por las palabras del oso blanco, la hija mayor rogó a su padre que la dejase ir. Pero sus padres se negaban, arguyendo que daba mala suerte entregar a una hija por dinero. Pero, al fin, cedieron, ya que la joven no quería perderse la aventura.

Como la pobre chica apenas tenía posesiones, no tardó mucho en guardar sus cosas en un hatillo y después, con valentía, besó a toda su familia y se subió a la espalda del enorme oso blanco. Apenas tuvo tiempo de mirar hacia atrás una vez antes de que el oso saliera corriendo con extraordinaria velocidad hacia un castillo tan blanco como él.

Allí, los criados iban de un lado a otro para atenderlos. Todo ocurrió tan deprisa que apenas pudo fijarse en lo que la rodeaba y, de repente, empezó a sentir miedo. ¿Qué iba a ser de ella?

Percibiendo su angustia, el oso le pidió a una sirvienta anciana que llevase a la chica a sus habitaciones. Pero antes de que se fuera le advirtió que no debía tener miedo, asegurándole que el castillo estaba encantado y que, durante el tiempo que estuviera allí, todos sus deseos le serían concedidos. Luego le entregó una campanita de oro diciendo que, si no conseguía algo, solo tenía que tocar la campanita y le sería inmediatamente concedido. Después, con una galante reverencia, el oso la dejó con la sirvienta, que iba charlando animadamente mientras la llevaba a su habitación.

Pero la joven no oía nada, tan preocupada estaba por aquella extraña situación.

Lo primero que vio al entrar en la estancia fue una enorme cama con columnas de caoba, cubierta por un dosel de seda. A su lado, una cómoda de espléndida madera con peines y cepillos de oro.

A un lado de la habitación había una serie de vestidores, cada uno más grande que el anterior. Los vestidores estaban llenos de maravillosos trajes de muchos estilos y colores... y todos parecían hechos expresamente para ella. La joven eligió un camisón hecho de la más fina seda y, preguntándose cómo estaría su familia, se metió en la cama, que la anciana sirvienta había abierto para ella.

El miedo casi había desaparecido, pero cuando apoyó la cabeza en el almohadón de terciopelo se sintió extrañamente agitada. Todo era tan perfecto... y, sin embargo, sentía un extraño vacío, un anhelo imposible de controlar.

¿Echaba de menos su casa? No, porque aunque quería mucho a su familia, había llegado a una edad en la que la intimidad de una habitación privada, algo que no tenía en la cabaña, era más que bienvenida. Además, recordaba haber sentido aquello mismo cuando vivía en su casa. Entonces pensaba que era simple descontento, el deseo de tener cosas bonitas. Pero allí estaba otra vez esa sensación, más fuerte que nunca, incluso en medio de aquel lujo. Seguía sintiendo el mismo anhelo sin saber exactamente qué era lo que quería.

Pero, mientras estaba pensando en todo esto, la puerta de la habitación se abrió bruscamente para cerrarse después. La joven oyó que alguien entraba. Había apagado la vela y la luz de la luna no podía atravesar las espesas cortinas de terciopelo que cubrían las ventanas, de modo que no podía verlo.

Pero no se sentía intimidada. Supuso que sería la amable sirvienta, que había vuelto para arroparla o, quizá, percibiendo que le faltaba algo había ido para llevárselo. ¿No le había prometido el oso que tendría inmediatamente todo lo que deseara?

—¿Quién es? —preguntó por fin.

En silencio, se sentó en la cama e instintivamente giró la cabeza hacia el intruso, intentando averiguar el significado de los sonidos que llegaban a sus oídos... como si alguien estuviera quitándose la ropa. Se le ocurrió entonces que el intruso se estaba desnudando.

Pero ¿para qué?

Luego oyó que el intruso se acercaba a la cama.

—¿Quién es? —preguntó, casi sin respiración.

Silencio.

—¿Quién es? —repitió, frenética—. ¿Es usted, señor Oso?

Pero mientras lo preguntaba supo que no era él porque el oso, naturalmente, no llevaba ropa ni zapatos.

El extraño se sentó en la cama. Ahora estaba segura de que no podía ser el enorme oso porque el personaje que se había sentado a su lado era del tamaño de un hombre. No había visto ningún hombre en el castillo; todos los sirvientes eran mujeres, de modo que no tenía ni idea de quién podía ser.

Cuando la joven estaba a punto de saltar de la cama, una mano la agarró del pelo.

—¡Por favor, dígame quién es!

El intruso tiró de su pelo, enredando los dedos en los largos mechones, hasta que la obligó a tumbarse de nuevo sobre la cama. Luego sujetó su cabeza mientras tomaba sus labios en un beso abrasador.

—Soy yo —contestó con voz suave—. Tu amante, al que has llamado.

Ella se quedó atónita. Pero la idea de que un completo extraño estuviera en su cama la llenaba de horror.

—Debo saber quién eres. El oso...

—Yo soy la razón por la que estás aquí —susurró él—. Y tú... eres la razón por la que yo estoy aquí.

—Pero...

Tenía muchas más preguntas que hacerle, pero él la silenció con otro beso, más ardiente que el anterior.

En aquella posición, se dio cuenta de que era un hombre grande y musculoso. Olía a colonia y a jabón. Su pelo aún estaba mojado del baño. ¿Pero quién podía ser?

El beso era tan intenso que la joven no se dio cuenta al principio de que se lo estaba devolviendo. Una sensación cálida se había instalado en su bajo vientre, pero intentó usar la lógica y la razón.

—Por favor... enciende un candil para que pueda verte la cara.

Pero él no le hizo caso. Siguió besándola sin piedad, devorando sus labios, mordiendo su cuello. Aunque estaba encima de ella, se sujetaba con un brazo para no aplastarla.

Ella levantó una mano para tocar su cara, pensando que quizá podría adivinar sus facciones con los dedos, pero él la apartó y siguió besándola. Su aliento era cálido y muy agradable.

El extraño había dicho que ella era la razón

por la que estaba allí… y la joven no podía olvidar las palabras del oso, prometiéndole que el castillo encantado haría realidad todos sus sueños. Pero solo vagamente recordaba el extraño anhelo que había sentido antes de que aquel hombre entrase en su habitación, porque había desaparecido tras su llegada.

¿Era su propio deseo entonces? ¿No estaba haciendo el extraño todo lo que ella había anhelado? ¿Pero quién era? ¿Era real o un invento de su imaginación?

Oh, pero era imposible seguir pensando mientras él la besaba, de modo que empezó a dejarse llevar por aquel extraño destino que, aunque inseguro, era infinitamente más agradable que cualquier cosa que hubiese tenido en la vida hasta el momento.

Un nuevo anhelo empezaba a despertar en ella. Quería que siguiera besándola para siempre… pero entonces se percató de que él había metido una mano bajo su camisón. Despacio, el extraño empezó a mover la mano, explorando su cuerpo cuidadosamente y dejando que cada parte que abandonaba anhelase de nuevo el roce. La otra mano seguía sujetando su pelo para evitar que escapase, aunque ella no sentía ningún deseo de escapar. De hecho, sus brazos, como por deseo propio, se enredaron alrededor del cuello del extraño y sus labios empezaron a emitir gemidos ininteligibles para los dos.

El extraño soltó entonces su pelo.

De nuevo volvió a buscar sus labios mientras con una mano le quitaba el camisón, dejándola completamente desnuda. Entonces empezó a acariciarla con más pasión, tocándola de la cabeza a los pies, como si intentase verla con las manos. Ella temblaba mientras él, meticulosa y lentamente, seguía con su exploración, fascinado por cada curva, por cada abertura. La joven no se preguntaba ya qué quería el extraño porque podía sentir su miembro rígido sobre ella.

Pero no parecía tener prisa y sus sabios dedos dieron paso a una más sabia lengua. Agarrándose al cabecero de la cama con las dos manos, la joven se sometió por completo a la seducción del misterioso amante.

Cuando pensaba que algo dentro de ella estaba a punto de explotar, él se incorporó un poco y separó sus piernas, colocándose en medio.

De repente asustada, intentó impedirlo. Desesperada, movió las manos para tocar su cara, pero en la oscuridad el extraño la interceptó, sujetando sus brazos con una sola mano y colocándolos sobre su cabeza.

Inmovilizada de tal modo y con las piernas abiertas, sus miedos desaparecieron. Estaba claro lo que iba a pasar. Y sentía un deseo profundo por aquel extraño, fuera quien fuera. De modo que, sin pensarlo más, enredó las piernas en su cintura, dándole el permiso que él había estado esperando.

El beso de su desconocido amante se volvió de repente más brusco e inmediatamente sintió que la penetraba. Ella giró la cabeza mirando hacia la oscuridad, abrumada por lo que estaba ocurriendo. Pero luego se volvió de nuevo hacia él para recibir ansiosamente sus labios y su lengua.

Entregándose completamente a su invisible amante, la joven empezó a responder, moviendo las caderas para aumentar el increíble placer que él le daba. Anhelando tocarlo, pero incapaz de usar los brazos, lo agarró con las piernas. Siguieron así durante toda la noche hasta que, por fin, los dos quedaron saciados.

A la mañana siguiente, despertó sola y, aunque buscó, no fue capaz de encontrar un solo hombre en el castillo. En lugar de eso descubrió muchas habitaciones; habitaciones llenas de ricas telas de todos los tejidos imaginables, habitaciones llenas de cestas, de flores, de libros… incluso había una habitación llena de botones.

En resumen, tenía todo lo necesario para pasar el tiempo disfrutando de la actividad que más le interesase.

De modo que cada día tenía algo en que ocuparse y cada noche era visitada por el extraño, al que nunca podía ver, ya que se marchaba siempre antes de que saliera el sol. Pasaron semanas de esa manera y, aunque disfrutaba de las noches, empezó a cansarse de pasar el día a solas.

Un día, recordando las palabras del oso cuando llegaron al castillo, tocó la campanita de oro y deseó verlo. Él apareció inmediatamente, pero la joven no sabía qué decir.

—¿Quién es el dueño de este castillo? —preguntó por fin.

—Soy yo —contestó él.

Pensó entonces hablarle de su visitante nocturno, pero quizá el oso no sabía nada y se pondría furioso...

Entonces le preguntó si podía ir a visitar a su familia. Y el oso aceptó, con una condición:

—En cuanto llegues a tu casa tu madre te llevará aparte e intentará decirte algo en secreto. Evítalo o traerás la mala suerte a este castillo.

La chica aceptó la condición con desgana, pues tenía muchos deseos de hablar con su madre. Pero al fin consintió.

Los criados guardaron vestidos y joyas en baúles y, de nuevo, la joven hizo la jornada hasta la cabaña de su familia... que se había convertido en una mansión.

—Aquí es donde vive tu familia ahora —le dijo el oso—. Pero recuerda mi consejo: no hables a solas con tu madre o los dos sufriremos por ello.

Su llegada fue recibida con gritos y demostraciones de alegría, pero ella no olvidó la promesa que le había hecho al oso. Como él había predicho, su madre intentó llevarla aparte, pero la joven puso todas las excusas posibles.

Sin embargo, su madre, como todas las madres, era muy insistente y, por fin, exigió saber cómo era su vida en el castillo con el oso blanco. Y pronto la joven se encontró confesándole las visitas del misterioso extraño.

Su madre la miró, alarmada y, dándole una vela, le recomendó que la escondiese bajo la almohada.

—Cuando esté dormido, enciéndela para verle la cara. Pero ten cuidado de que no le caiga cera de la vela o te descubrirá.

Con ese consejo en mente, la joven volvió al castillo escondiendo la vela entre sus pertenencias.

La noche llegó enseguida y, como siempre, la puerta de la habitación se abrió y su amante se reunió con ella. Lo había echado de menos y deseaba más que nunca que volviese a hacerle el amor. Como amante lo conocía bien, pero seguía preguntándose a quién pertenecerían esos labios y esa lengua. Qué dedos exploraban sus partes mas íntimas, qué cuerpo la llenaba tan completamente y con tal frenesí violento.

Al fin, su amante se quedó dormido y ella metió la mano bajo la almohada para sacar la vela. Cuando la encendió, se encontró con el rostro de un bello príncipe e inmediatamente se enamoró de él. Tanto que se inclinó para besarlo. Pero, al hacerlo, una gota de cera cayó sobre el torso desnudo... y él despertó inmediatamente:

—¿Qué has hecho?

La pobre chica no entendía su enfado hasta que él le explicó que era un príncipe prometido con una princesa a la que no amaba. Cuando se negó a casarse con ella, su madrastra creó un hechizo por el que aparecería como un oso blanco de día y volvería a su forma humana solo por las noches. La única forma de escapar de aquel indeseado matrimonio y del hechizo era permanecer sin ser visto por su verdadero amor durante un año.

—Ahora debo ir al castillo que está al este del sol y al oeste de la luna y casarme con la horrible princesa —se lamentó el príncipe.

Ella lloró amargamente, pero ni las lágrimas ni los ruegos podrían cambiar nada y pasaron el resto de la noche tristemente abrazados, sabiendo que sería la última vez.

A la mañana siguiente despertó sola. El castillo y el príncipe habían desaparecido y lo único que tenía era el hatillo de trapos que había llevado con ella. La joven lloró hasta que no le quedó una sola lágrima.

—Debo encontrarlo —murmuraba, desesperada.

Pero ¿dónde estaba el castillo que está al este del sol y al oeste de la luna?

Tomando el hatillo, se dirigió al camino. Después de viajar una corta distancia se encontró con una anciana y le preguntó si sabía cómo llegar al castillo al este del sol y al oeste de la luna.

—¿Eres tú el verdadero amor del príncipe?

—Sí —contestó la chica—. ¿Sabe cómo llegar allí?

—No —contestó la anciana—. Pero toma esta manzana dorada, puede que te ayude en tu viaje.

La chica tomó la manzana dorada que le ofrecía y siguió adelante. Poco después se encontró con otra anciana y volvió a preguntarle lo mismo.

—Tú debes de ser el verdadero amor del príncipe.

—Sí, lo soy. Por favor, ¿podría decirme cómo llegar al castillo?

La anciana tampoco sabía indicarle, pero le dio una peineta encantada, diciendo que se la pusiera si encontraba al príncipe porque eso le daría suerte.

La joven siguió caminando tristemente por el camino y, por fin, se encontró con otra anciana. La mujer le aconsejó que hablase con el viento del Este para pedirle información y, entregándole una pluma mágica, le dijo que la lanzase al aire y la siguiera hasta llegar al viento del Este.

La joven hizo lo que le pedía y la pluma fue levantada inmediatamente por un fuerte golpe de viento. Siguiéndola, se encontró enseguida a la puerta de la casa del viento del Este. Pero su jornada no había terminado porque el viento no sabía dónde estaba el castillo del príncipe encantado. Sin embargo, le dijo que quizá el viento del Norte sabría indicarle.

Y así, muchos días y muchas noches después, subida en el viento del Norte, la joven llegó a la entrada del ansiado castillo. Pero sucia y despeinada como estaba, los guardias de la puerta no la dejaron entrar. Frustrada, se dejó caer bajo un ventanal para pensar qué podía hacer. Inconscientemente, empezó a jugar con la manzana dorada que le había dado la primera anciana, tirándola al aire para atraparla después.

Sin que ella lo supiera, la madrastra del príncipe la vio desde la ventana de la torre. La avariciosa mujer decidió quedarse con tan extraño tesoro y le ofreció a la chica todo lo que quisiera por ella.

—Quiero ver a mi verdadero amor, el príncipe —anuncio la joven.

La madrastra se quedó sorprendida por tal audacia, pero permitió que entrase en el castillo mientras buscaba la manera de quitarle la preciada manzana.

—Si eres el verdadero amor de mi hijastro, el príncipe, sin duda podrás decirme quién es.

—Claro —replicó la chica.

—En ese caso, te daré la oportunidad de elegir a tu verdadero amor entre cien hombres... a cambio de esa manzana dorada.

—Muy bien. Pero antes necesito darme un baño... y un vestido nuevo.

La madrastra aceptó esa condición con una risa perversa, quitándole la manzana y tocando luego una campanita para llamar a una criada. Tras dejarla al cuidado de la mujer, se alejó, feliz con su tesoro.

El verdadero amor del príncipe recibió un baño de agua de rosas y, después del baño, le entregaron un precioso vestido dorado. Recordando entonces las palabras de la segunda anciana que había encontrado en el camino, la joven se sujetó el pelo con la peineta encantada.

Cuando las preparaciones terminaron, siguió a la criada hasta el comedor. Pero al llegar allí se encontró sola. Un guapo criado, aunque de aspecto lujurioso, apareció entonces con una bandeja.

—¿No voy a cenar con el príncipe?

—Después de la cena, señora, será llevada ante el príncipe y podrá elegirlo... o a cualquier otro hombre que usted desee.

—He viajado durante mucho tiempo para encontrar a mi príncipe —replicó ella—. No entiendo por qué das a entender que podría elegir a otro hombre.

—Quizá estaba expresando un deseo —sonrió el criado—. Verá, yo soy uno de los noventa y nueve hombres entre los que tendrá que elegir esta noche.

—Ya veo —murmuró ella.

«Serás castigado por tu impertinencia cuando me haya casado con el príncipe», pensó.

Después de cenar, el criado la llevó a otra habitación. Pero allí solo estaba la madrastra.

—¿Dónde está mi príncipe?

La mujer señaló una puerta.

—Está ahí. Pero hay algunas cosas que debes saber antes de entrar. Hay cien hombres en esa habitación, pero no pueden decir una sola palabra. Si de verdad eres el amor de mi hijastro debes encontrarlo sin ayuda.

—No necesito oírle hablar para saber que es él —replicó la joven.

—Además —siguió la madrastra como si no la hubiera oído— ya que has aumentado el hechizo original llevando luz a la oscuridad, debes olvidarte de la luz y de nuevo entrar en la oscuridad para encontrar y salvar a tu querido príncipe.

La chica lanzó un gemido.

—¿Quiere decir que debo distinguirlo entre cien hombres en la oscuridad?

—Eso es. Si es tu verdadero amor, no te resultará difícil —sonrió la malvada madrastra—. Contén tus palabras cuando entres en la habitación porque tu elección será determinada por el primer hombre al que hables.

Y después de decir esto, la madrastra desapareció.

La joven se volvió hacia la criada que la había acompañado.

—Te agradecería mucho que me dieras un consejo.

—Quítate la ropa —dijo la anciana.

—¿Qué?

—Quítate la ropa. Así es como conoces a tu amante, ¿no?

—¿Pero y si...?

—Es la única manera —la interrumpió la anciana—. No tendrás otra oportunidad después de esto.

La joven decidió aceptar el consejo y se quitó el vestido dorado, quedando completamente desnuda. Luego abrió la puerta y se introdujo en la oscura habitación. La puerta se cerró inmediatamente.

Aunque todo estaba en silencio, podía sentir la presencia de los cien hombres. Lentamente, dio un paso adelante. Se le ocurrió pensar entonces que ni siquiera había tocado la cara de su príncipe porque él lo había evitado. Solo lo había visto una vez a la luz de una vela... Lo conocía exclusivamente como amante. ¿Eso la ayudaría?

De repente, notó que había alguien a su lado.

Alargó una mano y descubrió que era uno de los hombres. La idea de que fuese el lascivo criado cruzó por su cabeza y se echó hacia atrás instintivamente. Pero el hombre la sujetó con firmeza.

Con el corazón acelerado, la joven dejó que tirase de ella y deslizase una mano por su cuerpo, tocándola íntimamente. Se concentraba en las caricias, intentando recordar si eran las del príncipe...

El hombre metió entonces la mano entre sus piernas, abriéndola e introduciendo un dedo en su interior.

Pero algo estaba mal. Los dedos que entraban en su carne eran fríos, no cálidos como los de su amante. Lanzando un grito de pánico, la joven se apartó del impostor.

El siguiente hombre tenía las manos mucho más cálidas. Como el anterior, tocó su cuerpo íntimamente, sin reservas. ¿Todos los hombres tocaban a las mujeres exactamente de la misma forma?

Pero había algo familiar en el roce de aquel hombre... la joven le echó los brazos al cuello pero, cuando estaba besándolo, se echó hacia atrás. Porque sus besos eran mucho más húmedos.

No, tampoco era su príncipe.

De modo que fue de un lado a otro, buscando en vano a su verdadero amor. Un par de veces pensó que lo había encontrado pero, temiendo elegir al hombre equivocado, no dijo nada. Besaba a los hombres que le recordaban a su amante y sí, incluso dejó que algunos la poseyeran allí mismo, en el suelo de la habitación, pensando que había encontrado a su príncipe... solo para descubrir después que no era él.

Todo su cuerpo temblaba de frustración y ansiedad. Estaba en un constante estado de excitación mientras iba de un lado a otro, haciendo cosas inimaginables con completos extraños, esperando un milagro que la hiciera reconocer al príncipe y terminar de una vez con la degradante búsqueda a la que había sido forzada. Y durante todo ese tiempo sabía que su príncipe estaba allí, escuchando sus gemidos de gozo.

Se preguntó entonces si habría encontrado al criado del comedor y lo lejos que habría llegado con él. ¿Sería uno de los hombres que la habían poseído?

Cegada, iba de un lado a otro rezando para que ocurriese un milagro. Y entonces un hombre la abrazó y buscó sus labios con ardor. Ella no recordaba haber sido besada tan violentamente e intentó apartarse. Pero él no la dejó. La joven estaba a punto de gritar pidiendo ayuda, pero recordó que no debía hablar. Si hablaba no solo perdería al príncipe para siempre sino que, casi con toda probabilidad, se vería obligada a permanecer con aquel bruto de por vida. Aterrada, pensó que aquel violento extraño podría forzarla sin que ella pudiese decir una palabra.

Pero el hombre pareció contenerse y aflojó un poco la presión, aunque no lo suficiente como para que ella pudiera escapar. Tenía el rostro enterrado en su pelo y, momentáneamente hipnotizado por su aroma, la soltó.

Pensando que esa era su oportunidad de escapar, la joven intentó apartarse. Pero, en ese momento, la peineta encantada cayó al suelo... y el hombre la sujetó entonces con fuerza, tirando de su pelo, acercándola a él hasta que sus caras estaban pegadas. Algo dentro de ella se encendió. Sintió un aliento familiar rozando sus labios antes de recibir un tierno beso, uno de aquellos besos que ella recordaba tan bien. Tembló al pensar que podría haberse apartado. Pero ¿por qué la había besado tan violentamente al principio?

La joven se puso colorada al pensar en el príncipe oyéndola gemir mientras yacía con otros hombres... y se dio cuenta entonces de que era la ira lo que había hecho que la tratase tan bruscamente.

Se abrazaron en la oscuridad y por fin, segura de que era su príncipe, murmuró:

—Te quiero.

Después de la admisión, los otros noventa y nueve hombres desaparecieron como por ensalmo. Y cuando se encendió la luz, allí estaba su príncipe, mirándola con los ojos llenos de amor.

Volvieron al castillo del oso blanco donde, de nuevo, se tumbaron en la cama. Había cien velas en la habitación y se miraron a los ojos, asombrados por lo que había pasado.

El príncipe y su verdadero amor se casaron, por supuesto, y vivieron felices desde aquel día. Y aunque no hay nada que ella adore más que el rostro de su querido príncipe, a veces sueña con el intruso, con el amante desconocido que entraba a oscuras en su habitación.

Y, en esas ocasiones, ella le pide que jueguen.

Incluso ahora, esta noche, el príncipe está esperando fuera de la habitación a que den las doce para entrar sin hacer ruido...

Ricitos de Oro y los tres barones

Hay pocas cosas más irritantes en la vida que un metomentodo. Ese tipo de persona siempre está intentando enterarse de cosas que no le incumben, involucrándose en toda las conversaciones, dando opiniones que nadie le ha pedido y, generalmente, causando problemas. El metomentodo está en todas partes, sin reparar en el decoro o la lógica, y con tal de averiguar los secretos de los demás, es capaz de cualquier cosa.

Da igual que el tema del que hable sea cierto o no, sea legal o no, sea asunto suyo o no. De cualquier manera debe ser expuesto públicamente.

Y una de las metomentodos más notorias es Ricitos de Oro.

Ricitos de Oro estaba profundamente interesada en asuntos que no tenían nada que ver con ella, particularmente aquellos que eran de naturaleza confidencial y escandalosa. Estos, en concreto, los enviaba en forma de artículo al editor del *Diario del Bosque*.

Había expuesto y humillado a incontables habitantes del bosque de esta manera y era una cosa terrible haber hecho algo que llamase su atención.

Fue en esas circunstancias cuando Ricitos de Oro llegó a la parte más remota del bosque una mañana, en busca de tres barones ingleses que vivían allí. Era algo curioso que tres hombres hubiesen decidido apartarse de la civilización y vivir solos en lo más profundo del bosque, pensaba ella. Un comportamiento poco convencional, en su opinión, era sinónimo de algo malo y, ya que los barones eran famosos y ricos, le pareció que era responsabilidad suya revelar sus secretos al mundo entero.

Los barones, por otro lado, desconocían el interés que habían despertado en Ricitos de Oro. Aunque vivían aislados del resto de la sociedad, esa vida les gustaba, ya que eran pomposos e intolerantes por naturaleza y encontraban a la gente tediosa y aburrida. Los gustos del pueblo les parecían vulgares y sus preocupaciones absurdas. En vista de eso, les pareció lo más normal apartarse de las clases bajas.

Y así, con total despreocupación por el mundo

exterior, una mañana los tres barones se sentaron a comer.

—Esta sopa está muy caliente —protestó el primero.

—Desde luego. Es una ofensa a mi paladar —añadió el segundo.

—Quizá deberíamos dejarla reposar. Con el tiempo, sin duda se rehabilitará y será más digerible.

Después de decir esto, los tres decidieron dar un paseo por el bosque. Y, mientras ellos paseaban, Ricitos de Oro descubrió su escondite. Como no solía hablar con los sujetos de sus artículos personalmente, se acercó a la cabaña con cautela, miró por la ventana y comprobó que estaba desierta.

Ricitos de Oro puso la oreja en la puerta y esperó. Silencio. No había nadie. Mejor. Nada más entrar en la cabaña se encontró con los tres platos de sopa. Pero, sin saber que estaba demasiado caliente, y como no había tenido tiempo de desayunar, tomó una cuchara y la metió en uno de los platos...

—¡Ay, que me quemo! —exclamó, sacando un cuaderno para anotar esta contrariedad. Luego se acercó al segundo plato—. Ah, esta está demasiado fría.

Después, metió la cuchara en el tercer plato.

—Esta está perfecta.

Anotó algo más en su cuaderno y luego se tomó toda la sopa, sin pensar que no era suya.

Después de terminar su investigación en la cocina, Ricitos de Oro se aventuró hasta el salón. Allí encontró tres sillones. Se sentó en uno de ellos y prácticamente se levantó de un salto.

—¡Dios mío, qué duro!

En el siguiente:

—Este es demasiado blando.

Y en el tercero:

—Ah, este sí que es cómodo.

Pero el sillón era viejo y, con un crujido aterrador, se partió por la mitad y tiró a Ricitos de Oro al suelo, algo que ella anotó furiosamente en su cuaderno.

Después, siguió con su investigación entrando en un dormitorio en el que había tres camas.

—Esta es demasiado dura —murmuró, tumbándose en la primera—. Y esta, demasiado blanda.

Pero de nuevo, la tercera era perfecta. Tan cómoda era que cerró los ojos y, sin darse cuenta, se quedó profundamente dormida.

Mientras Ricitos de Oro dormía plácidamente en la cama, los tres barones volvieron de su paseo por el bosque.

—Yo diría que alguien ha tocado mi sopa —comentó uno de ellos.

—Oh, cielos.

—Alguien se ha comido toda mi sopa —protestó el tercero—. ¡No ha dejado ni una gota!

Cuentos para el placer

Alarmados por tan singular evento, los barones inmediatamente empezaron a buscar al intruso. Y en cuanto entraron en el salón comprobaron que también había estado allí.

—Alguien se ha sentado en mi sillón —dijo el primero.

—Lo mismo digo —suspiró el segundo.

—¿Y mi sillón? —exclamó el tercero—. ¡Está destrozado!

Los tres fueron entonces al dormitorio.

—Alguien ha estado en mi cama —anunció el primero al ver que habían apartado las mantas.

—En la mía también.

—¡Y sigue estando en la mía! —exclamó el tercero, señalando a Ricitos de Oro.

El grito despertó a la joven metomentodo. Y puedes imaginar su sorpresa al abrir los ojos y encontrarse con los tres barones.

—¿Quién eres tú y por qué estás durmiendo en mi cama? —le preguntó uno de los hombres.

—Soy Ricitos de Oro —contestó ella. Pero, por supuesto, no tenía una buena explicación para estar donde estaba.

—Te has comido mi sopa y has roto mi sillón favorito —siguió el barón, mirándola de arriba abajo con desdén—. No te muevas mientras llamo a las autoridades.

—¡Oh, no! —gritó Ricitos de Oro—. No puedes hacer eso.

—¿Que no puedo? ¿Por qué no?

—Porque me han asignado que viniera aquí —mintió Ricitos de Oro, buscando una excusa cualquiera por miedo a una nueva demanda.

—¿Te han asignado? ¿Para quién trabajas? ¿Quién te ha dicho que vinieras a esta casa?

—Pues...

—¡Seguro que ha sido el conde Wallingford! —exclamó uno de los barones—. ¿No recordáis la broma que le gastamos el invierno pasado?

Todos miraron a Ricitos de Oro, sorprendidos. Y ella sonrió, fingiendo que habían acertado.

—Juró que nos devolvería el favor —murmuró el primero.

—Oh, qué idea tan escandalosa —exclamó el segundo. Pero lo decía con tal expresión de lasciva alegría que nadie podría creer que estuviese escandalizado.

—Desde luego —asintió el barón que había amenazado con llamar a las autoridades—. ¿Pero dónde puede haber encontrado a esta cualquiera?

—Oiga...

—Debemos preguntarle la próxima vez que lo veamos —rio su amigo.

Entonces, de repente, los tres se acercaron a Ricitos de Oro y empezaron a desabrocharle el vestido. Mientras lo hacían, hablaban los unos con los otros alegremente, sin prestarle mucha atención a la chica y haciendo observaciones bastante groseras sobre su ropa.

—¿De qué tejido estará hecho este trapo?

—No lo sé. Nunca había visto nada igual. Me recuerda a un saco de patatas.

—Desde luego —rio el tercero, disfrutando perversamente—. Casi espero que debajo aparezca un kilo de tubérculos.

—Ah, esto tengo que verlo —sonrió el primero, quitándole la ropa interior de un tirón—. Oh, qué tela tan basta.

Sus amigos lanzaron exclamaciones de horror al ver los pololos de algodón, nada parecidos a la ropa interior de seda que ellos solían comprar.

Ricitos de Oro los miraba, atónita. Pero antes de entender lo que estaba pasando se encontró completamente desnuda delante de aquellos tres hombres. Luego empezaron a desnudarse ellos mismos, de forma completamente natural, doblando pantalones y camisas con cuidado para dejarlos sobre una silla. Por fin, el primer barón se tumbó en la cama con una ceja levantada.

—Bueno, ¿a qué esperas?

Los otros dos, mientras tanto, la empujaban hacia la cama. Atónita, Ricitos de Oro no era capaz de resistirse. Seguramente la misma curiosidad que la había llevado hasta la cabaña la empujaba a vivir aquel raro pero excitante episodio. Para los barones era una completa extraña que había sido enviada para procurarles entretenimiento. Nunca descubrirían su verdadera identidad, de modo que podía marcharse como si nada hubiera pasado pero con un nuevo conocimiento sobre ella misma y sobre el mundo, se dijo.

Nunca había tenido una oportunidad igual y, seguramente, no volvería a tenerla. Además, se sentía como si estuviera bajo una extraña influencia y no podía oponerse al deseo autoritario de los barones de celebrar aquella peculiar orgía.

Los dos barones guiaron a Ricitos de Oro hasta colocarla sentada encima del primer barón, pero ella lanzó una exclamación:

—¡Esto es demasiado duro!

—Eso se remediará enseguida.

Ricitos de Oro permitió que la colocasen tumbada sobre él y el barón no perdió un segundo.

Inmediatamente se sintió embriagada por un intenso placer ya que, en esa posición, recibir su miembro erguido no resultaba tan molesto.

El segundo barón se colocó directamente delante de la cara de Ricitos de Oro y le ordenó que abriese la boca.

—Está demasiado blando —protestó ella... justo antes de que el lujurioso barón introdujese el miembro en su boca.

—Eso, también, será remediado enseguida.

Unos segundos después, se dio cuenta de que era cierto.

Ricitos de Oro miró al tercer barón, que estaba poniéndose una especie de lubricante.

«Oh», pensó. «Así será mejor». Pero reconsideró esta afirmación un segundo después porque el barón se había colocado detrás de ella y no le pareció inmediatamente «mejor» al sentir que la penetraba por detrás.

Así colocada, Ricitos de Oro se sentía como debía de sentirse una mariposa cuando el coleccionista separaba sus alas para exhibirla. Y aunque era cierto que los barones tenían tan poca consideración hacia ella como el coleccionista hacia la mariposa, al menos por el momento tenía toda su atención y el deseo que sentían por ella era evidente. En cuanto a ella misma, todos sus sentidos estaban alerta. Pero aplastada como estaba entre uno y otro, se sentía completamente inmovilizada y totalmente vulnerable.

Los barones la tocaban por todas partes mientras entraban y salían de ella, gruñendo de placer, decididos a disfrutar hasta el último momento. Con esto en mente, iban despacio y deprisa por turnos, utilizando su cuerpo como les venía en gana.

Mientras tanto, la excitación de Ricitos de Oro creía por segundos. Nunca se había sentido tan abrumada o tan desesperada. Gemía cuando los barones se volvían más exigentes, embistiéndola con una fuerza que la dejaba sin aliento. Pero luego volvían a hacerlo despacio, conteniéndose para prolongar la experiencia y, en esos intervalos, se dedicaban a tocar su cara, su pelo, sus pechos y nalgas. A menudo hacían comentarios sobre su apariencia física, notando la suavidad de su piel o la redondez de sus nalgas o el ansia de sus labios. Al oírlos, Ricitos de Oro se vio abrumada por un deseo loco y, de repente, se dio cuenta de que quería ser usada por ellos... aún con más desvergüenza.

De modo que separó más las piernas y arqueó la espalda, moviendo las caderas hacia atrás y obligándose a sí misma a recibir al tercer barón... por completo. La incomodidad que esto le causó se mezclaba con el placer. Alternativamente, empujaba hacia atrás para recibir al tercer barón o empujaba hacia delante para sentir al primero. Como no quería olvidarse del segundo barón, abrió más la boca y echó la cabeza hacia atrás para que pudiese meter el miembro hasta su garganta. Y, con cada embestida, sentía un inexplicable y profundo placer.

Todos sus esfuerzos eran comentados por los barones y sus comentarios libidinosos añadían leña al fuego que ardía en su interior.

A Ricitos de Oro le daba igual lo que pensaran de ella. Su cuerpo se movía sin parar buscando el placer que le daban con cada embestida.

Los barones la miraban con admiración, maravillándose no solo porque se entregase de esa forma, sino por su evidente deseo de ser usada de la manera más cruda por los tres.

Conteniendo el orgasmo repetidamente, los tres barones pensaban usar el cuerpo de Ricitos de Oro mientras ella se lo permitiera. El barón que tenía su boca la sujetaba por los rizos dorados, tirando de su pelo de un lado a otro, según la posición que le resultaba más apetecible. El barón que estaba debajo de ella sujetaba sus pechos con las dos manos, apretando fieramente sus pezones mientras ella temblaba sobre su cuerpo. Y el tercer barón azotaba sus nalgas brutalmente, como habría hecho con su caballo si no hiciese lo que le ordenaba.

Pero, por fin, los barones no podían retrasar su excitación por más tiempo y las embestidas se volvieron más urgentes, más duras. El crudo uso de su cuerpo envió a Ricitos de Oro hasta el precipicio y gritó de placer cuando su cuerpo encontró el glorioso alivio. Eso fue el fin y los barones perdieron el control, llenando su cuerpo a rebosar.

Unos minutos después, Ricitos de Oro se encontró de nuevo en el bosque, pensando en lo que había pasado. Si no fuera porque le dolía todo el cuerpo pensaría que había sido un sueño. Pero ella sabía que no había sido un sueño y se preguntó por qué lo había hecho.

—¿Ha sido un error por mi parte entrar en la cabaña de los barones sin haber sido invitada? —se preguntó—. Pero no. Si hubiera hecho mal, no habría recibido tan extraordinaria recompensa.

De modo que la pobre Ricitos de Oro no aprendió nada de la experiencia y, sin duda, seguirá entrando en casas ajenas.

Pero en cuanto a ti y a mí, no seremos tan arriesgadas y yo diría que intentaremos evitar entrar en casas que encontremos en medio del bosque.

¿O no?

Espejo, espejito mágico

Hace mucho, mucho tiempo, en un reino conocido por la belleza de sus mujeres, vivía un brujo que se enamoró de una de las doncellas más hermosas. Esta doncella le era, sin embargo, infiel y, al descubrir su engaño, el brujo murió con el corazón roto. Pero con su último aliento lanzó un hechizo sobre el reino entero y, por lo que yo sé, el hechizo sigue en pie en nuestros días.

Bajo el hechizo del brujo con el corazón roto, todas las mujeres del reino parecían de repente extrañas y feas a sus parejas e incluso a sí mismas. Inmediatamente, empezaron una campaña para convertirse en lo contrario de lo que la naturaleza pretendía para ellas. Primero, dejaron de comer porque se creía que estar delgada era más atractivo que tener buenas carnes. Aquellas que no podían soportar la privación se sometían a otros métodos humillantes para librarse de los indeseados kilos. Primero, sus pechos debían ser alterados desde su forma natural hasta un prototipo más grande y desproporcionado, causando mucho dolor y enormes problemas. Hacerse mayor era lo más detestable y debía ser evitado a toda costa. Las mujeres hacían todo lo posible para prevenirlo, sucumbiendo a peligrosos procedimientos médicos cuando todo lo demás fallaba.

Aunque tal existencia podría parecer absurda e inverosímil para muchas lectoras, puedo aseguraros que es cierto. Una no podría describir hasta dónde llegaban estas pobres criaturas en su esfuerzo por parecer lo que no eran. Incluso el pelo de sus cabezas y el resto de su cuerpo les resultaba molesto, de modo que se lo cortaban, lo rizaban o lo alisaban, lo teñían, lo quitaban con cera caliente, lo afeitaban o lo destruían por completo.

Las pocas mujeres que conseguían la imagen deseada eran consideradas reinas durante un tiempo y, durante ese tiempo, se esperaba de ellas que se dejasen explotar para dar placer a los hombres y para castigar a las mujeres que se negaban a pasar por todo aquello.

En resumen, una horrible situación para todas las mujeres de aquel reino.

Pues ocurrió que cierta mujer de gran belleza, incluso para su tiempo, estaba a punto de perder su estatus como reina ya que, según las normas del reino, empezaba a hacerse mayor. La que pronto sería exreina buscaba frenéticamente en todos los libros y folletos que habían sido publicados un consejo para salir de su situación, pero al no encontrar ninguno se encontró a sí misma frente a un inmenso espejo que colgaba en la pared de su habitación.

Desesperada, le gritó:

—Espejo, espejito mágico, ¿cuánto tiempo tardaré en caer? Dime, ¿ha sido mi belleza en vano? ¿O puedes echarme una mano?

Los espejos, junto con las publicaciones femeninas, estaban bajo el hechizo del brujo. De hecho, eran el conducto a través del cual se había extendido tal hechizo.

El espejo, por tanto, había estado esperando pacientemente esta oportunidad y contestó:

—Tu belleza, una vez incomparable, pronto desaparecerá. Debes encontrar a una que sea como tú fuiste una vez. ¡Búscala y cómete su corazón!

La reina dejó escapar un gemido de horror ante las palabras del espejo, que seguían sonando como un eco en sus oídos:

«¡Búscala y cómete su corazón!».

Qué cosa tan horrible. Además, seguro que engordaba.

La reina se miró al espejo y, al ver arruguitas alrededor de sus ojos, se apartó lanzando un grito.

«¡Búscala y cómete su corazón!».

Incapaz de soportar la imagen que el espejo reflejaba, salió corriendo de la habitación y se encontró de golpe con su hijastra, llamada Blancanieves porque su piel era tan blanca como la nieve recién caída. A la reina nunca le había caído particularmente bien su hijastra, en esos tiempos las mujeres raramente se llevaban bien con otras mujeres, pero la había tolerado hasta aquel momento en memoria de su padre.

En esta ocasión, sin embargo, la reina no pudo dejar de notar su extraordinaria belleza y se le ocurrió pensar que la fatigosa niña se había convertido en una belleza casi tan sublime como lo había sido ella una vez.

«Debes encontrar una que sea como tú fuiste una vez».

La reina tembló al recordar esas palabras del espejo y, de inmediato, envió a Blancanieves a la cocina.

De modo que, durante un tiempo, la vida siguió de esta manera, con la pobre Blancanieves forzada a trabajar como criada en la casa de su padre y su madrastra, la reina, tan deprimida que no podía mirar a Blancanieves sin sentir incluso dolor físico.

Una mañana, cuando la fecha de expiración

de su título de reina empezaba a acercarse peligrosamente, la desgraciada mujer de nuevo se acercó al espejo. Y pronto se encontró a sí misma haciendo la misma pregunta:

—Espejo, espejito mágico, ¿cuánto tiempo tardaré en caer? Dime, ¿ha sido mi belleza en vano? ¿O puedes echarme una mano?

El espejo que, de nuevo, había estado esperando esa oportunidad, contestó:

—Tu belleza, una vez incomparable, pronto desaparecerá. Blancanieves es como tú fuiste una vez. ¡Búscala y cómete su corazón!

La reina se apartó del espejo, furiosa, y tomó una silla con la intención de tirársela y romperlo en pedazos. Pero se detuvo. En parte porque pensaba que el espejo le ofrecía cierta esperanza, en parte porque, como había dejado de comer, no tenía fuerzas para levantar la silla. De modo que se sentó en ella. Pero sabía que se comería el corazón de Blancanieves si esa era la única manera de recuperar su belleza.

Decidida a hacerlo lo antes posible para acabar con su sufrimiento, envió a buscar a su criado más fiel. Este criado era, sin embargo, un príncipe que se había disfrazado para acercarse a la reina, ya que estaba secretamente enamorado de ella y quería una oportunidad de ganarse su corazón.

El príncipe escuchó la petición de la reina en atónito silencio, mirándola con incredulidad en sus hermosos ojos azules. Como el verdadero amor era el único antídoto para el hechizo del brujo, el príncipe no sabía nada sobre la fecha de expiración de su cargo de reina ni sobre la pérdida de su belleza. Al contrario, a él le parecía más bella cada día.

Pero no podía negarle nada, de modo que aceptó el encargo. Y, reconociendo esto como su gran oportunidad, puso como condición que la reina pasara la noche con él fuera del castillo. Desesperada por conseguir el corazón de Blancanieves, ella aceptó.

El príncipe encontró a Blancanieves trabajando en la cocina, pero no tenía la menor intención de hacerle daño. La llevó a lo más profundo del bosque para esconderla y luego, tras encontrar un cordero, lo mató y le arrancó el corazón. Contento por haber hecho lo que debía hacer, volvió con la reina y le entregó el corazón falso.

La reina no perdió el tiempo. Mandó cocinar el corazón con un aceite Omega 3 bajo en calorías y, cuando estuvo guisado, le dio un mordisquito. Aunque no podía detectar nada desagradable en el sabor, tuvo que hacer uso de toda su fuerza de voluntad para tragárselo. Pero el cruel hechizo la forzaba a seguir adelante hasta que hubiera consumido hasta el último trozo.

Después, la reina quiso volver al espejo para ver los resultados, pero el príncipe le recordó su promesa de pasar la noche con él.

Viajaron por el bosque alejándose del castillo cada vez más, y también del hechizo, hasta que llegaron a una casita de piedra medio escondida por multitud de madreselva y rosales mágicos, que el hechizo del brujo no había podido tocar.

En cuanto la reina entró en la casita se sintió abrumadoramente bella y querida. Los propios muros parecían abrazarla y experimentaba una felicidad que no había experimentado en mucho tiempo. Pensó que aquello debía de ser el efecto de recobrar la juventud después de haberse comido el corazón de Blancanieves, pero en realidad se sentía como debería haberse sentido todos los días de su vida... si no hubiera estado bajo el influjo del horrible hechizo.

La reina se volvió, con una radiante sonrisa en los labios, y él pensó que jamás la había visto más bella. La tomó de la mano entonces y la llevó por una escalera hasta un bonito salón. En el salón había un espejo.

El príncipe colocó a la reina frente a ese espejo, que no estaba encantado, de modo que ella se vio por primera vez como era de verdad, sin la influencia de las perversas normas de belleza del reino. Se miró a sí misma, asombrada.

De repente, su obsesión por la apariencia desapareció y se dio cuenta de lo atractivo que era el criado. Qué extraordinaria pareja hacían. Se preguntó cómo nunca antes se había fijado en su pelo oscuro, en su piel morena o en los preciosos ojos azules.

El príncipe observaba el rostro de la reina, encantado. Sus expectativas para esa noche habían sido mínimas. No se había atrevido a esperar que lo amase, pero le sorprendió ver un brillo de deseo en sus ojos.

Percibiendo ese deseo, el príncipe empezó a desabrochar los botones de su vestido. Ella no se resistió; no tenía miedo, todo lo contrario. El vestido cayó al suelo y la reina observó, en silencio, cómo los músculos del criado se expandían y contraían mientras le quitaba toda la ropa. Y, por primera vez en su vida, se sintió verdaderamente excitada.

Una por una, todas sus prendas íntimas fueron cayendo al suelo y la reina observó, con gran interés, su propio cuerpo desnudo. Cuando levantó los ojos para mirar al criado en el espejo, el deseo que vio en ellos la sorprendió.

Era como si fuesen dos extraños... y el extraño que estaba a su lado se acercó para besarla apasionadamente en el cuello.

El hombre del espejo se volvía cada vez más exigente y empezó a acariciarla sin dejar un solo centímetro de su cuerpo por explorar. Esto no pareció ofender a la reina. Al contrario.

De repente, el hombre del espejo se apartó para quitarse la ropa y ella siguió mirándolo, como si estuviera hechizada. La reina se preguntó por qué no se daba la vuelta para mirar a su amante, tan espléndido en su desnudez, con su atractivo miembro bien erguido.

Pero no, le gustaba mirarlo en el espejo.

Tembló de anticipación al ver al hombre colocarse detrás de la mujer del espejo, como si no fuera ella. Abrió las piernas y sintió que la penetraba... Un grito de placer resonó entonces. Un grito femenino. La sensación era tan real que le pareció que era ella misma. Pero no podía ser. ¿O sí?

Estaba tan completamente perdida en la imagen que no se dio cuenta de que había empezado a mover las caderas al mismo tiempo que la dama del espejo. Se maravillaba al ver la intensa expresión de su rostro, los gemidos que escapaban de su garganta y sus caderas ondulando con tal abandono...

Sintió que su torso caía hacia delante cuando el hombre animaba a la dama a que hiciese lo mismo. Sus ojos se encontraron en el espejo mientras la embestía por detrás, cada vez con más fuerza.

De repente, la reina despertó del hechizo y se dio cuenta de que la mujer del espejo no era otra que ella misma... y, el hombre que la poseía, su atractivo criado. Se quedó inmóvil un momento, avergonzada.

Percibiendo el cambio de actitud, el príncipe la apartó del espejo para que tuviese que mirarlo a él. La tomó en brazos para llevarla a un sofá, pero ella miraba furtivamente hacia el espejo.

El príncipe sujetó su cara, murmurando palabras bonitas en su oído, pero ella movía constantemente la cabeza para buscar su imagen en el espejo. De modo que se vio a sí misma haciendo cosas extraordinarias durante toda la noche. El príncipe estaba encantado y se aseguró de que el placentero encuentro durara hasta que ella estuvo satisfecha del todo.

Después, siguió abrazando a su reina durante toda la noche, acariciando suavemente su cuerpo hasta que, por la mañana, no hubo un solo centímetro que no hubiese explorado. La reina se quedó dormida y soñó con rosas.

Pero, por la mañana, el príncipe sabía que debía llevarla de vuelta al castillo para comprobar si el amor había llegado a su corazón y si el hechizo había desaparecido.

La reina cortó una rosa cuando salían de la casita y la guardó en su bolso de terciopelo para recordar siempre el placer que había encontrado allí. Pero mientras recorrían de vuelta el bosque empezó a entristecerse y, cuando llegaron al castillo, estaba abrumada de ansiedad. El príncipe se despidió con un beso, prometiendo ir a verla por la noche.

Cuando el criado, que era en realidad un príncipe, se marchó, la reina no perdió el tiempo y corrió hacia su espejo. Pero al verse reflejada dejó escapar un grito de horror. Nada había cambiado. No era bella y joven, sino la misma mujer madura que el día anterior. ¿Habría mentido el espejo y Blancanieves habría dado su vida para nada?

La reina intentó recuperar la compostura antes de hablarle:

—Espejo, espejito mágico, no me hagas esperar... o te arrancaré de la pared. Dime ahora, si tú quieres, ¿qué quisiste decir con el corazón de Blancanieves?

Tuvo que esperar menos de un segundo antes de que el espejo contestase:

—Tu amante es un fraude, mi reina. Blancanieves está a salvo, aunque lejos de aquí. Debes buscarla en lo más profundo del bosque y cortarle la cabeza. ¡Solo gracias al veneno recuperarás tu belleza!

«Tu amante es un fraude».

De modo que su criado la había engañado. Los ojos de la reina brillaban como carbones encendidos. El recuerdo de la noche en la casita había sido borrado por el malévolo espejo, de modo que la reina pasó el resto del día creando un veneno para Blancanieves.

Luego echó ese veneno en una peineta de plata que, en cuanto tocase la cabeza de su hijastra, la dejaría en coma profundo. Sí, eso era más civilizado.

El príncipe notó el cambio en la reina cuando volvió por la noche.

Sus ojos brillaban de furia mientras le contaba lo que le había dicho el espejo. Y él, de nuevo, y después de pedirle disculpas por el error, prometió llevar el veneno hasta Blancanieves con la condición de que pasara otra noche con él en la casita del bosque.

Pero el buen príncipe no tenía intención de matar a Blancanieves y cuando la encontró, le pidió que le diese un mechón de su cabello para ponerlo en la peineta y calmar, al menos de momento, a su furiosa reina.

Blancanieves aceptó de buen grado y el príncipe de nuevo volvió con su prueba falsa al castillo.

Al ver el cabello de Blancanieves en la peineta, la reina se llenó de esperanza. Estaba deseando colocarse ante el espejo para ver los resultados, pero el príncipe insistió en que antes debía ir a su casa, como había prometido.

Al igual que el día anterior, al entrar en la casita la reina se sintió más bella que nunca. Y una increíble sensación de bienestar la recorrió de arriba abajo.

De nuevo, se colocaron los dos frente al espejo y, de nuevo, el príncipe la desnudó y empezó a acariciar su espalda a placer. Y ella se encontró levantando las caderas para permitirle acceso a la abertura entre sus piernas. Él no dejaba de acariciarla y la reina dejó escapar un gemido, sin dejar de mirarse al espejo.

Con cuidado para no alarmarla, el príncipe la colocó en el suelo, apoyada en los antebrazos y las rodillas, con las caderas tan levantadas como era posible. La reina observaba, asombrada, que el criado se ponía de rodillas tras ella, mirando intensamente sus partes más íntimas.

Sin vergüenza o miedo, ahora que era tan bella y tan querida como antes, la reina observó cómo aumentaba la excitación de su amante mientras examinaba, tocaba y besaba su sexo. Gemía de puro placer, pero quería más, y el príncipe, como leyendo sus pensamientos, la penetró por detrás.

Verlo así, sujetando sus caderas con las dos manos, hundiéndose en su cueva una y otra vez, sus masculinas facciones en una expresión de intenso éxtasis, la llevó al cielo.

La reina empezó a moverse, despacio al principio, pero luego cada vez más rápido, frotándose frenéticamente contra él y deleitándose con la imagen que reflejaba el espejo: sus pechos moviéndose de un lado a otro, sus nalgas sacudiéndose con cada embestida...

No se le ocurrió que todo ese bamboleo fuera poco atractivo porque había olvidado el hechizo por completo.

A la mañana siguiente, de nuevo la reina cortó una rosa del rosal y la guardó en su bolso.

Empezaron la jornada hacia el castillo con alegría, pero a medida que iban acercándose su expresión cambiaba. En cuanto llegaron, la reina se despidió a toda velocidad del criado y corrió para mirarse al espejo. Lo que vio allí la hizo tirarse de cabeza en la cama para llorar.

Después de recuperarse del disgusto, la reina se enfrentó al espejo una vez más:

—Espejo, espejito mágico, ¿mi amante sigue siendo un fraude? ¿Los cabellos de la peineta envenenada no han servido para nada?

El espejo contestó sin demora:

—Blancanieves vive y su belleza sigue intacta. Su vida podría comprarte años, mi reina. Debes tejer su muerte queda con un corsé de seda.

La reina se sintió encantada ante esta nueva oportunidad e inmediatamente se puso a trabajar. Para cuando el criado llegó ante su puerta esa tarde tenía el corsé tejido... con sus lazos envenenados. Pero en esta ocasión la reina decidió no contarle la verdad. En lugar de eso, lo convenció de que se había arrepentido de su horrible comportamiento y quería que le llevase a Blancanieves aquel regalo para pedirle perdón. El príncipe, ingenuo como era, partió inmediatamente hacia el bosque en busca de la joven.

Blancanieves recibió el regalo con gran alegría y el príncipe, sin sospechar traición alguna, volvió al castillo de inmediato. En cuanto a

Blancanieves, no pudo resistir la tentación de probarse el hermoso corsé y prácticamente se arrancó el vestido para ponérselo.

Pero en cuanto el corsé rozó su piel, los lazos empezaron a apretarse sin que ella pudiera hacer nada y siguieron apretándose hasta dejarla sin aliento. Blancanieves cayó al suelo, mareada, y se quedó allí, como sin vida, hasta más tarde, cuando fue descubierta y colocada en un ataúd de cristal por los siete enanitos.

Pero el resto de la historia de Blancanieves ha de esperar porque el príncipe está a punto de volver con la reina y estoy segura de que quieres saber qué fue de la pobre señora.

Para disgusto del príncipe, encontró a la reina absolutamente cambiada. Su piel estaba tensa como si la hubieran estirado entre cuatro hombres, sus ojos parecían los de un halcón, grandes y saltones, sus pechos eran duros y tenían un aspecto poco natural. Además, estaba terriblemente delgada. Se dio cuenta inmediatamente de lo que había pasado. Pero la seguía amando y, con el mismo esfuerzo que habría tenido que hacer para levantar a un pajarito, la tomó en brazos y la subió a su caballo para ir a la casa del bosque.

Pero en esta ocasión las rosas no estaban florecidas y la casa parecía triste y oscura. Cuando entraron, la reina se sintió llena de remordimientos. Corrió, con la esperanza de volver a verse bella en el espejo, pero al ver su imagen dejó escapar una exclamación de horror. ¡Tenía una apariencia inhumana! Cayó en la cama, llorando. No podía quedarse allí ni un minuto más.

De modo que el príncipe permaneció solo durante tres meses, recordándola. Y la reina siguió siendo reina y Blancanieves siguió en su ataúd de cristal.

Entonces, un día, cuando la reina estaba paseando tristemente por su habitación, encontró las rosas que había guardado en su bolsito de terciopelo. Asombrada, comprobó que estaban completamente intactas y tan frescas como el día que las cortó. Se las llevó a la cara y su mágico aroma hizo que recordase el tiempo que había pasado en la casita con su criado...

Entonces se dio cuenta de lo feliz que había sido con él y lo infeliz que era desde que empezó aquella locura.

«Tengo que terminar con esto de una vez», pensó.

Con determinación, tomó el calienta camas y lo lanzó contra el espejo, rompiéndolo en mil pedazos.

Luego llamó a dos mensajeros, el primero de los cuales debía ir al bosque a buscar a Blancanieves y el otro a su querido criado.

Y esperó.

La reina esperó en su habitación durante horas, pero para ella eran minutos. Incluso cuando se hizo de noche seguía recordando aquellos días pasados y el placer que había encontrado frente el espejo...

Le pareció entonces que su piel empezaba a refrescarse, a sentirse menos tensa. Y se asustó, pero enseguida oyó pasos en el corredor... y allí estaba su querido criado.

Al ver a la reina tan cambiada, el príncipe casi lloró de alegría. Le confesó quién era y calmó sus miedos besándola por todas partes y prometiendo que la haría feliz para siempre. Luego la ayudó a subir a su caballo blanco y la pobre criatura no pudo descansar hasta que hubo llevado a la pareja a la casita.

Y lo que hicieron allí es exactamente lo que tú o yo estaríamos haciendo ahora mismo si nuestro príncipe estuviera aquí.

La señora Fox

Es de esperar que, en algún momento del matrimonio, una mujer desee a otro hombre que no sea su esposo. Tal es el caso de la señora Fox.

Esto no quiere decir que la señora Fox esté descontenta de su matrimonio con el señor Fox, ya que la pareja se lleva muy bien. El señor Fox es guapísimo y sofisticado y la señora Fox solía sentirse cautivada por su inteligencia y su ingenio… tanto en la cama como fuera de ella. Estos atributos complementaban su naturaleza inquieta e inquisitiva y se habría sentido descontenta con una pareja menos experimentada. Es más, el señor Fox era muy galante y atento en su comportamiento romántico y mejoraba al encontrarse con la supuesta indiferencia de su esposa, algo que la hacía parecer muy misteriosa.

En resumen, sus personalidades se complementaban a la perfección.

Solo había una contrariedad, un pequeño problema: la señora Fox era de naturaleza tan curiosa que cuando sentía interés por algo se volvía hasta impúdicamente descarada con tal de descubrirlo y estudiarlo. Y, por si eso fuera poco, siempre estaba buscando cosas nuevas y prohibidas.

Y esas cosas nuevas y prohibidas tenían un nombre: el señor Wolfe.

El señor Wolfe era el mejor amigo del señor Fox y su mayor rival. Desde la infancia se habían peleado por todo porque siempre parecían gustarles las mismas cosas y ocurrió lo mismo cuando el señor Fox empezó a cortejar a la señora Fox. El señor Wolfe, mientras, fingía mostrarse simplemente amistoso, siempre la rozaba con la lengua al besar su mano o se detenía más tiempo del necesario al darle un beso en la mejilla.

Pero todo esto cambió cuando los Fox se casaron, naturalmente.

El señor Wolfe aceptó su derrota deportivamente e incluso se casó poco después, de modo que el asunto fue olvidado por todos.

Por todos, salvo por la señora Fox.

Ella no tenía queja de su esposo, todo lo contrario. El señor Fox era tan sabio en la cama como fuera de ella. Y, lo más importante, nunca buscaba su propio placer antes de habérselo dado a su esposa. De modo que tenía todo lo que la señora Fox podía querer. El problema era que sus encantos estaban siempre a mano y ya no eran un misterio como los del señor Wolfe.

Además de eso, la señora Fox y la señora Wolfe se habían hecho muy buenas amigas. Y la señora Fox no perdía ocasión de contarle lo maravilloso que era su marido... en la cama. La señora Wolfe, acostumbrada a ese tipo de comentario de su amiga, sonreía benévola.

El tiempo pasaba y las cosas seguían como estaban, pero el deseo de la señora Fox por el señor Wolfe no había desaparecido.

Un día, mientras la señora Fox hablaba con la señora Wolfe sobre la multitud de talentos de su esposo, esta última dejó escapar un suspiro de anhelo.

—Qué pena no poder disfrutar de esos talentos de primera mano —dijo, sin pensar.

En cuanto lo hubo dicho se volvió, horrorizada, para mirar a la señor Fox.

—Oh, querida. No sabes cómo siento haber dicho eso... no quería decir... yo, verás...

—No debes preocuparte. También yo, a menudo, me he preguntado cómo sería tu esposo en la cama —le confesó la señora Fox, viendo allí su oportunidad.

—¿Tú...?

—Es normal, después de todo. Nuestros esposos, aunque ambos con grandes talentos, son completamente opuestos. ¿Cómo no vamos a preguntarnos si sería placentero estar con un hombre tan diferente al nuestro?

La señora Wolfe pareció relajarse un poco.

—Sí, quizá tengas razón —asintió—. Pero nunca podremos... quiero decir...

—Hay una manera —la interrumpió la señora Fox astutamente—. A oscuras nuestros esposos no serían capaces de distinguirnos.

Las dos mujeres se miraron en silencio. Ninguna de las dos se atrevía a hablar. Y luego las dos empezaron a hablar a la vez:

—¿Cómo? —exclamó la señora Wolfe.

—¿Lo harías de verdad? —preguntó la señora Fox.

Las dos mujeres no pudieron contener una risita nerviosa. Esto relajó un poco la tensión.

—Yo lo haría —le confesó la señora Wolfe.

—Y yo también —sonrió la señora Fox, intentando disimular su emoción.

Los particulares fueron rápidamente solucionados y cada una de ellas se preparó para el evento. Parecía lo más lógico que cambiasen de lugar durante una de las muchas fiestas que organizaba la señora Fox, en las que era muy normal que los Wolfe y otras parejas amigas se quedasen a dormir.

Mientras la fecha se acercaba, las dos esposas no dejaban de repasar sus planes, no tanto para comprobar que todo iría bien como para disfrutar de la emoción de lo que estaban a punto de hacer.

Por fin, llegó la noche de la fiesta en la que su fantasía se haría realidad. La propia fiesta fue una agonía interminable que las puso de los nervios.

Cuando terminó, la señora Fox temblaba de anticipación mientras se tumbaba al lado de su esposo y esperaba que este se quedara dormido.

Cuado por fin pudo salir de la habitación, la señora Wolfe ya la esperaba entre las sombras del pasillo. Las conspiradoras se dieron un abrazo y luego entraron en las correspondientes habitaciones.

La señora Fox no pensaba en lo que la señora Wolfe estaba a punto de hacer con su esposo porque estaba demasiado excitada pensando en lo que iba a hacer con el señor Wolfe, naturalmente.

De modo que se tumbó en la cama y frotó su cuerpo desnudo contra el cuerpo del señor Wolfe que, por instinto, la abrazó. Luego, la señora Fox levantó la cara para buscar sus labios. Tenía la barba más dura que su esposo, pensó. Medio dormido, él le devolvió el beso. Pero, de repente, se despertó.

El señor Wolfe no le hizo ninguna pregunta ni bromeó con ella, como habría hecho su marido, sino que reaccionó violentamente, tirándola de espaldas y aplastándola con su cuerpo. Aunque ella se sintió alarmada por tal brutalidad, no había posibilidad de pensárselo mejor, de modo que levantó una mano para acariciar el rudo vello de su musculoso torso, tan diferente a la suave piel de su esposo.

—Perdona, cariño. Sé que te asusto cuando me pongo tan bruto.

—¡No! —protestó ella—. Quiero que sea así, cielo.

—¿Estás segura?

—Sí —susurró la señora Fox—. No te guardes nada esta noche.

Dejando escapar un gemido, el señor Wolfe buscó sus labios... pero no la besó.

—¿Estás segura del todo?

—¡Sí, sí! Por fa...

Pero no pudo terminar la frase porque el señor Wolfe había metido la lengua en su boca. Luego empezó a besar su cuello, sus mejillas. En cada sitio que la besaba iba dejando una marca como de fuego, tan brusco era. Lamió, chupó y mordió sus pechos, haciéndola gritar, y luego bajó hacia su abdomen, cubriendo cada centímetro con los dientes.

Separándole luego las piernas, enterró la lengua profundamente en su interior. La señora Fox estaba perpleja. Era como un animal rabioso, su boca parecía estar en todas partes. Pero no estaba satisfecho, no. Su lengua seguía buscándola y, en un minuto, había probado todo lo que había entre sus piernas. Y aunque la habitación estaba completamente a oscuras, la señora Fox notó que sus mejillas ardían. Pero no podía apartarse porque él la sujetaba con mano de hierro. Sus labios y su lengua la poseían ávidamente y sin preocuparse de sus protestas.

Al fin, el señor Wolfe apartó la lengua... pero la señora Fox había olvidado su vergüenza para entonces y quería que siguiera. Él, sin embargo, tenía otros planes. Planes que incluían levantar sus piernas para colocárselas sobre los hombros. Sujetándola con fuerza, lanzó las caderas hacia delante para penetrarla. Ella gritó al sentir lo grande que era y siguió gritando mientras la embestía cada vez más con más fuerza.

Aunque a la señora Fox, a pesar de la rudeza, le encantaba estar en esa postura, lamentaba no poder moverse en absoluto.

Como si hubiera leído sus pensamientos, el señor Wolfe de repente le dio la vuelta, tumbándola de cara sobre la cama, y la levantó para ponerla de rodillas. La señora Fox lanzó un gemido cuando él la penetró por detrás. Luego, el señor Wolfe alargó una mano para pellizcar sus pezones con sus fuertes dedos... sin parar de moverse. Ella lanzó un gemido de mortificación y goce al mismo tiempo.

El señor Wolfe se volvía cada vez más crudo y exigente. Su impostora esposa intentó echarse hacia delante para escapar del asalto, pero él la sujetó del pelo y tiró hacia atrás, obligándola a quedarse donde estaba. La señora Fox volvió a gritar, pero él parecía no oírla. Al contrario, sus gritos le enardecían aún más.

La señora Fox se agitaba, intentando escapar de sus poderosas embestidas, pero de nuevo sus intentos de escapar parecían excitarle más y más. Odiaba al señor Wolfe, aunque un inexplicable y salvaje deseo la embargaba a pesar de todo. Se preguntó cómo podía soportar aquello la señora Wolfe, aunque ella misma metió la mano entre sus piernas para aumentar el placer.

Entonces le pareció oír un ruido, algo entre un gemido y un gruñido. Y, horrorizada, se dio cuenta de que era ella misma.

Era el sonido de su propia voz, medio susurrando medio gruñendo:

—Más fuerte —se oía decir a sí misma—. ¡Más fuerte, más fuerte, más fuerte!

¿Cuánto tiempo había estado repitiendo aquello sin darse cuenta? ¿Cuánto más podía soportar?

—Más fuerte... quiero que me lo hagas más fuerte —seguía diciendo.

La señora Fox era una mujer poseída. Su deseo era incontrolable.

—Por favor, por favor —empezó a sollozar, agarrándose al cabecero de la cama para poder soportar las salvajes embestidas del señor Wolfe—. No pares, no pares...

Aquello era una locura, pero sus temblorosos dedos seguían frotando y frotando y sus labios no dejaban de pronunciar: «Más fuerte, más fuerte».

El señor Wolfe agarró a la señora Fox por las nalgas y las apretó brutalmente. Luego clavó en ellas los dedos, sin dejar de empujar.

—¿Así de fuerte te parece bien?

Un loco deseo dominaba a la señora Fox que, aún sollozando en agonía, seguía gimiendo:

—Más fuerte, más fuerte.

El señor Wolfe movía sus nalgas a placer con las dos manos, girando el rígido miembro en su interior. La cabeza de la señora Fox había caído sobre la almohada, pero él seguía apretando y azotándola. Él también se estaba volviendo loco.

La señora Fox por fin llegó al clímax y cerró los ojos mientras las olas de placer convulsionaban todo su cuerpo, pero no dejó de pedirle: «Más fuerte, más fuerte».

El señor Wolfe perdió todo control entonces y, con un grito inhumano, se lanzó sobre ella una última vez, derramándose profusamente en su interior.

Cuando terminaron, la tomó en sus brazos. La señora Fox estaba temblando y, de repente, la voz del señor Wolfe se volvió muy suave, suplicándole que lo perdonara.

Cuando por fin se quedó dormido, la señora Fox salió sin hacer ruido de la habitación, deseando volver con su tierno esposo.

Mientras tanto, no debes pensar que la señora Wolfe no había estado haciendo nada porque también ella despertó al señor Fox de la misma manera.

—¿Qué ocurre? —preguntó él, medio dormido.

Pero la señora Wolfe no tuvo que contestar porque sus labios ya estaban buscándola. Se sintió excitada mientras le echaba los brazos al cuello. Tanto, que levantó las caderas para que la tocase.

—Tranquila, cariño —rio el señor Fox.

La señora Wolfe nunca había tenido que hacer nada porque el señor Wolfe siempre estaba más que dispuesto. Y no solía esperar. Pero el señor Fox la acariciaba de arriba abajo, despacio, haciendo que se le pusiera la piel de gallina. Riendo, acariciaba el triángulo de vello casi sin tocarla y luego el interior de sus muslos... pero enseguida apartaba la mano.

La señora Wolfe empezaba a estar ansiosa, pero ¿qué podía hacer? Temiendo decir algo que le hiciera sospechar permaneció callada. Pero estaba enfadada con la señora Fox por no haberle contado aquello. ¿Cómo podía ella soportarlo?

El señor Fox, mientras tanto, parecía estar

disfrutando de lo lindo. Sencillamente se reía de ella cada vez que levantaba las caderas para que la tocase. Rozaba la entrada de su cueva, pero enseguida se apartaba, dejándola insatisfecha. Y mientras tanto, su sexo estaba cada vez más húmedo.

Evidentemente, al señor Fox le encantaba tocar a su mujer. Y al ver en qué condición estaba, separó sus muslos aún más y la besó entre las piernas mientras metía una mano por debajo. Lamió la abertura con la punta de la lengua y, con dos traviesos dedos, acarició la otra abertura. La señora Wolfe se quedó helada.

El señor Fox empezó a hacer círculos sobre el orificio posterior mientras con la lengua lamía el capullo escondido entre los rizos. Lo hacía con increíble habilidad, moviendo la lengua con precisión sobre esa zona tan sensible y enviando escalofríos por todo su cuerpo... para luego detenerse perversamente. Mientras tanto, sus dedos seguían jugando con el orificio prohibido, incluso entrando en él cada vez más profundamente, animado por sus gemidos de gozo.

La señora Wolfe pensó que, aunque su esposo se convertía en una fiera en la cama, nunca se había sentido usada de esa forma. Mientras el señor Wolfe tomaba lo que quería, ella también podía tomar lo que quería de él. Pero aquello era diferente. Era como si el señor Fox los controlase a los dos. Y eso no le gustaba nada.

Entonces, de repente, pensando que la tenía donde quería, el señor Fox se tumbó de espaldas.

—Ven a buscar lo que quieres.

La señora Wolfe se quedó helada. Nunca había visto a un hombre ejercer tal control en la cama.

Como no podía decirle lo que pensaba, se preparó para montarlo. Pero no era esto exactamente lo que el señor Fox tenía en mente.

—Primero dime cuánto lo deseas —murmuró, sujetándola.

¡Oh, cómo lo odiaba!

En ese momento, el señor Fox, que estaba acariciando su pelo, empezó a empujar hacia abajo su cabeza. Ella se mordió los labios para disimular su indignación y abrió la boca para aceptar el rígido miembro. El señor Fox seguía empujando su cabeza hacia abajo hasta que pudo sentirlo rozando su garganta.

—Así, muy bien —murmuró él—. Si lo quieres vas a tener que trabajártelo.

La cara le ardía de rabia al oír esas palabras, pero la tensión entre sus piernas se volvía urgente, de modo que...

La señora Wolfe hizo lo que pudo para darle placer al señor Fox, chupando y lamiendo con todas sus fuerzas y usando sus manos a la vez... para ganarse la recompensa. A pesar de su rabia, se dio cuenta de que esa afrenta la excitaba más que nunca. Pero ¿cuánto tiempo iba a aguantar?

Siguió esforzándose como nunca, hasta que

sus ojos estuvieron llenos de lágrimas y casi se atragantó en su esfuerzo por darle placer.

El señor Fox era un gran creyente del autocontrol, pero tampoco era una máquina y su cuerpo también tenía limitaciones. De modo que la detuvo entonces para no avergonzarse a sí mismo y decepcionar a su pareja después de tanto esfuerzo.

—Te has ganado tu recompensa —le dijo, sentándola sobre sus caderas y guiando su miembro con la mano.

La señora Wolfe gimió al sentirlo dentro por fin. La desazón entre sus piernas desaparecía poco a poco mientras se movía arriba y abajo, adelante y atrás.

El señor Fox, mientras tanto, acariciaba y pellizcaba sus pechos pero, cuando los movimientos de la señora Wolfe se hicieron más ardientes, movió una mano para colocarla entre sus piernas y ayudarla un poco. Ella lanzó un gemido, de nuevo sorprendida por lo intuitivo que era. Sus dedos resultaban mucho más efectivos que su miembro y dejó de moverse arriba y abajo para mecerse suavemente, mientras dejaba que sus sabios dedos hicieran el resto.

La señora Wolfe no estaba acostumbrada a ese estilo suave de cópula porque las atenciones de su esposo eran mucho más vigorosas. Pero cuando cerró los ojos e imaginó a su esposo prácticamente violando a la pobre señora Fox, por fin logró el clímax que tanto esfuerzo le había costado esa noche.

Agotada, cayó sobre el señor Fox y él la envolvió en sus brazos mientras le levantaba las caderas para empujar hasta que encontró satisfacción.

Al fin, cuando le pareció que estaba dormido, la señora Wolfe se levantó de la cama y salió al pasillo. La señora Fox estaba allí, esperándola, y las dos se miraron un momento en silencio. La señora Wolfe se puso colorada y a la señora Fox le pasó lo mismo, preguntándose ambas qué habría hecho la otra con su esposo. Y las dos se dieron cuenta entonces de que estaban hechas para sus maridos después de todo.

Quizá esperas que reitere el triste proverbio sobre que la hierba no es más verde al otro lado de la verja y que la gente debería contentarse con lo que tiene. Pero no estoy segura de que esa sea la conclusión apropiada para esta historia en particular; la señora Fox y la señora Wolfe han seguido con sus ocasionales incursiones en el dormitorio de la otra hasta este mismo día.

Y aunque es cierto que para ellas la hierba no era más verde al otro lado, después de todo era bastante verde.

Y hay tantas tonalidades de verde... ¿No te parece?

Blancanieves en el bosque

Érase una vez un rey y una reina que tenían todo lo que deseaban, salvo un hijo. Durante las frías noches de invierno, se sentaban contentos frente a la chimenea, la reina con su bordado, el rey mirándola, mientras hablaban de los acontecimientos del día. Pero de vez en cuando la reina dejaba de bordar para mirar la nieve que caía al otro lado de la ventana con expresión soñadora. Y su marido sabía bien cuál era ese sueño: estaba viendo a su hijo.

Una noche como esa, la reina se pinchó accidentalmente con la aguja y una gota de sangre apareció en su dedo.

Ella la miró, suspirando.

—Si pudiera tener una hija con los labios tan rojos como la sangre, la piel tan blanca como la nieve y el pelo tan negro como los carbones que se queman en la chimenea...

Un año después, el sueño de la reina se hizo realidad y la feliz pareja se vio bendecida con una hija que tenía los labios tan rojos como la sangre, la piel tan blanca como la nieve y el pelo negro como el carbón. La llamaron Blancanieves.

La reina murió poco después del parto y el rey, aún apenado, volvió a casarse. Su nueva esposa era una reina hermosísima y los tres vivieron felices durante un tiempo. Pero antes de que Blancanieves cumpliese los diez años, su padre murió también. Su madrastra se mostró amable con ella durante algún tiempo, pero Blancanieves empezó a hacerse mayor y cada día era más bella. Y su madrastra, que se hacía mayor y temía perder su belleza, empezó a odiarla.

Un día, la reina dejó de comprarle hermosos vestidos y otros adornos a los que Blancanieves estaba acostumbrada y la obligó a trabajar en la cocina. Pero incluso vestida con andrajos la belleza de Blancanieves era imposible de ocultar y para su madrastra, atormentada por el miedo de perder su belleza, era como si se volviera más bella solo para hacerla sufrir.

Por fin, la reina decidió que no podía soportar más la presencia de Blancanieves y le pidió a un criado que se la llevara al bosque con instrucciones de que la matase. Pero el gentil criado se negó a llevar a cabo tan horrible acción. En lugar de eso, la llevó hasta lo más profundo del bosque y le advirtió sobre las perversas intenciones de la reina. Blancanieves estaba aterrorizada, pero el criado le aseguró que cerca de allí encontraría una casita que pertenecía a siete hombrecillos del bosque. Los enanitos, le prometió, la mantendrían a salvo.

Cuando el criado se alejó, Blancanieves se quedó sola por primera vez en su vida. El bosque estaba lleno de extraños sonidos y corrió en busca de la casita de los hombrecillos. Y la encontró enseguida. Tenía que ser aquella porque la puerta era tan pequeña que Blancanieves tuvo que agacharse para poder entrar.

Dentro había siete sillitas alrededor de la mesa de la cocina, siete platos y todo lo demás. En el salón encontró siete silloncitos y en el dormitorio siete camitas.

¿Qué clase de hombres eran aquellos?, se preguntó.

Bueno, entre tú y yo, los siete enanitos eran, en realidad, siete príncipes encantados que habían sido hechizados por una bruja perversa. El hechizo, además de hacerlos muy cortos de estatura, también provocaba que cada uno de ellos tuviera una característica particular. Uno de ellos no dejaba de estornudar, otro se quedaba dormido en todas partes, otro tenía una agria disposición y así hasta siete. Como no había remedio para lo suyo y la vida social empezaba a convertirse en una pesadilla, los siete príncipes decidieron retirarse al bosque, donde fueron conocidos como Sabio, Gruñón, Dormilón, Bonachón, Mocoso, Romántico y Mudito. Tales eran las circunstancias de los enanitos cuando conocieron a Blancanieves esa noche.

Desde el primer encuentro, Blancanieves se quedó encantada con ellos. Y en cuanto a los príncipes-enanos, todos se enamoraron de ella a primera vista. Nada de lo que hacía les parecía mal y, en muy poco tiempo, se hicieron grandes amigos.

Una noche, los enanitos oyeron a Blancanieves llorar en su cama y corrieron a su lado para rogarle que les contase cuál era su problema. Blancanieves les confesó que se sentía sola y que le gustaría conocer a un príncipe para amarlo y casarse con él. Esta declaración entristeció a los enanos. Pero Sabio anunció que él conocía un remedio.

—¿Cuál? —preguntó Blancanieves.

—¿Confías en tus devotos enanitos?

—¡Sí, claro!

—Entonces túmbate y cierra los ojos.

Blancanieves obedeció y, enseguida, notó las manos de los siete hombrecillos levantando su vestido.

—¿Qué es esto? —exclamó.

—Las cosas no son siempre lo que parecen, Blancanieves —dijo Sabio—. Pero no podremos ayudarte hasta que confíes en nosotros por completo.

Y después de decir eso, él y sus seis compañeros la dejaron sola.

El incidente fue pronto olvidado y, de nuevo, volvieron a ser amigos. Pero Blancanieves seguía sintiéndose sola y, una noche, de nuevo los enanitos la oyeron sollozar en su cama.

Corrieron a su lado y, de nuevo, ella les habló de su melancolía. Y, de nuevo, Sabio insistió en que él tenía una cura.

—Por favor, dime cuál es.

—¿Confías en tus queridos enanitos?

—¡Sí!

—Entonces túmbate y cierra los ojos.

Blancanieves obedeció y, unos segundos después, de nuevo volvió a sentir las manos de los hombrecillos sobre su cuerpo. Y, de nuevo, volvió a levantarse de un salto.

—Tranquila. Nosotros nunca te haríamos daño —le dijo Sabio—. Pero está claro que no tienes confianza.

Y después de decir esto, él y sus seis amigos salieron de la habitación.

El asunto quedó olvidado de nuevo y pasaron los meses hasta que llegó el invierno. El viento frío llevó nieve al bosque. Blancanieves y los siete enanitos pasaban el día en la casita y la pobre lamentaba la ausencia de su príncipe más que nunca porque las princesas no pueden evitar desear a un príncipe. Y, de nuevo, los enanitos se vieron torturados por sus lágrimas.

Inmediatamente corrieron a su lado como habían hecho antes. Ella volvió a contarles sus penas y, como siempre, Sabio juró que conocía un remedio para sus males.

—¿Confías en tus leales enanitos?
—¡Con todo mi corazón!
—Entonces túmbate y cierra los ojos.

Esto hizo ella y, como otras veces, sintió las manos de los hombrecillos sobre su cuerpo, pero esta vez no saltó de la cama, confiando en que no le harían daño.

Blancanieves intentó relajarse y, mientras lo hacía, un extraño calor la envolvió, una especie de cosquilleo que parecía nacer de dentro. Los dedos de los hombrecillos dieron paso a los labios...

Al sentir el primer beso Blancanieves abrió los ojos y, delante de ella, encontró al más hermoso príncipe que una pueda imaginar. Mientras él sostenía graciosamente su mano, Blancanieves sintió un segundo beso y entonces otro príncipe apareció ante sus ojos, incluso más guapo que el primero, y luego otro y otro... hasta que los siete enanitos habían recuperado su primigenia forma.

Todos eran diferentes, pero todos perfectos

en su masculinidad y atractivo físico. Uno tenía el pelo rubio y los ojos azules, mientras otro tenía el pelo rojizo y los ojos oscuros. Un torso estaba cubierto de masculino vello mientras otro era tan suave como la seda. Incluso el color de su piel era diferente, ya que uno la tenía negra como el carbón mientras otro era moreno, otro pálido, otro de piel muy blanca... En resumen, no había una sola característica masculina que faltase entre los siete.

Blancanieves estaba temblando de sorpresa.

—Elige a tu príncipe —oyó que uno de ellos le decía al oído.

Ella permaneció callada porque no podía soportar la idea de perder a uno solo de esos magníficos ejemplares.

Los príncipes no cuestionaron su silencio. En lugar de eso, se quitaron la ropa... o lo que quedaba de ella después de la abrupta transformación. Luego empezaron a quitarle a Blancanieves el camisón que, con catorce manos haciendo el trabajo, desapareció como por arte de magia. Las manos eran ahora libres para tocarla por todas partes, buscando cada curva, cada orificio. Las manos de los príncipes la exploraban por todas partes sin dejar nada sin tocar. Mientras tanto, siete pares de labios la devoraban.

Pero las hambrientas bocas se volvieron impacientes esperando turno para un beso y buscaron otros sitios donde besarla. Enfebrecida,

Blancanieves gemía y se agitaba mientras las bocas de los siete príncipes la consumían por entero. Se estremeció al sentir los dientes de uno de ellos morder uno de sus pechos, mientras otro de los príncipes lo chupaba suavemente. Una lengua se deslizó por su abdomen mientras otra se abría paso entre sus piernas. Otros labios tomaron los suyos...

Blancanieves estaba tan excitada que casi no podía respirar y, por un segundo, pensó que iba a perder el conocimiento.

Percibiendo el problema y el remedio, los príncipes la tumbaron sobre la cama con las piernas abiertas para que pudiese recibir al primero, un hermoso hombre de cabello dorado y ojos azules que la besó tiernamente mientras la penetraba. Blancanieves lanzó un grito de éxtasis.

No debes pensar que los demás príncipes permanecían inactivos mientras tanto. Uno de ellos sujetaba su pierna derecha mientras otro sujetaba la izquierda para que el príncipe en activo tuviese más fácil acceso. Un tercero la besaba en los labios mientras otros dos besaban y lamían sus pechos. Todos observaban al rubio príncipe mientras poseía a Blancanieves, esperando pacientemente su turno, y ella tuvo que cerrar los ojos un momento para buscar aliento.

Cuando estaba a punto de llegar al final con el rubio príncipe, los hombres que sujetaban sus piernas las abrieron aún más y la levantaron para que el príncipe pudiese empujar a placer. Esta maniobra dio resultados rápidamente y seis pares de ojos observaron a la pareja mientras llegaban al final entre gemidos de gozo.

Inmediatamente después, el príncipe se apartó y otro, más moreno, ocupó su lugar. Este no fue tan suave al principio, pero a Blancanieves le dio el mismo gusto, si no más. Sin dejar de mirarla a los ojos, el príncipe la tomó colocando sus piernas sobre sus hombros. Los otros la sujetaban con firmeza mientras el moreno la penetraba una y otra vez.

Unos minutos después, el príncipe moreno fue reemplazado por otro igualmente guapo. Tenía los ojos de un verde esmeralda y una preciosa sonrisa de dientes blanquísimos. Este príncipe era más imaginativo y la colocó de rodillas en la cama para tomarla por detrás. Los otros, mientras tanto, seguían impartiendo íntimas caricias en sus nalgas y sus pechos. Blancanieves miró al príncipe de piel oscura que había delante de ella. En esa posición, sus ojos quedaban directamente a la altura de su cintura... y su miembro, rígido, directamente frente a su boca.

Blancanieves miró el oscuro miembro, maravillada. Tenía la boca abierta, de la que escapaban gemidos de placer, y ahora se daba cuenta de que el príncipe negro se acercaba lentamente hasta que por fin sintió su pene en los labios. No la forzó para que lo recibiese, pero esperó a que abriese un poco más la boca y, en un segundo, estaba dentro de ella. Tremendamente excitada, Blancanieves movía el cuerpo adelante y atrás, entregada por completo. Cómo había deseado que un príncipe le diese placer... y ahora nunca podría contentarse con uno solo.

De modo que los príncipes atendieron a Blancanieves, cada uno de una manera, hasta que los hubo probado a todos. Y, por fin, agotada, se quedó dormida.

A la mañana siguiente, despertó sola y casi creyó que había soñado todo el episodio. Pero en su cuerpo había marcas que dejaban claro que no era así.

«¿Dónde están mis príncipes?», se preguntó. ¿Y de dónde habían salido? Cuando los siete enanitos volvieron de trabajar, Blancanieves se sintió tímida. No sabía cómo sacar tan delicado tema.

—¿Dónde están mis príncipes? —preguntó por fin, durante la cena.

Los enanitos le explicaron entonces cuál era su verdadera identidad. Ella solo tenía que besar a uno en los labios para liberarlo, aunque solo temporalmente, del hechizo. Blancanieves se alegró muchísimo al oír esto. Y, sin embargo, de nuevo se preguntó cómo iba a elegir. Al examinar sus rostros, se dio cuenta de que todos la querían.

—No puedo elegir entre vosotros, mis queridos príncipes. ¿Cómo iba a hacerlo?

Los enanitos se miraron. Nunca le habían negado nada y no pensaban hacerlo ahora.

—Puedes ver a todos tus príncipes otra vez si eso es lo que quieres, querida —dijo Sabio—. Depende de ti.

Blancanieves se acercó a él y, con los ojos cerrados, le dio un beso en los labios. Cuando los abrió, se encontró con el príncipe rubio de ojos azules.

Luego se acercó a Gruñón e hizo lo mismo. Allí estaba el príncipe de pelo moreno, el que era un poquito más rudo.

Sintió un escalofrío mientras iba de un enanito a otro, descubriendo cuál era su verdadera identidad.

Fue con ellos luego al dormitorio y dejó que le quitasen la ropa. Desnuda, temblaba de deseo ante sus siete príncipes.

Noche tras noche, Blancanieves disfrutó de lo lindo con sus príncipes y el tiempo pasaba muy rápido. De vez en cuando les llegaba información sobre el castillo o la reina, pero eso no le preocupaba porque estaba convencida de que los enanitos la librarían de todo mal.

Un día, un criado llegó con un mensaje del castillo. Según él, la reina estaba muy arrepentida por todo lo que había hecho y le enviaba un regalo.

Contenta, Blancanieves abrió el paquete y descubrió un maravilloso corsé de seda. Pensando solo en sus príncipes y en cómo reaccionarían cuando la viesen con aquella prenda tan exótica, corrió a ponérsela. Pero en cuanto rozó su piel, los lazos del corsé, que estaba hechizado, empezaron a cerrarse sobre su cuerpo, apretando de tal forma que no la dejaba respirar. Mareada, cayó al suelo y se quedó allí, tan inmóvil como si estuviera muerta.

Cuando los siete enanitos volvieron de trabajar y la encontraron así, la colocaron sobre la cama, llorando su pérdida. Después, hicieron un ataúd de cristal para poder seguir viendo su precioso rostro y la colocaron dentro. Todos los días iban a visitarla llorando su muerte.

Pasaron varios meses hasta que un día, la reina se arrepintió de todo lo que le había hecho a Blancanieves y envió a otro criado al bosque con instrucciones para cortar los lazos del corsé.

Pero aquel criado no conocía bien el bosque y, después de dar muchas vueltas, se perdió. Temiendo volver al castillo por temor a la ira de la reina, se sentó bajo un árbol para pensar en el asunto.

Justo entonces, un atractivo príncipe pasó a su lado en un caballo blanco.

El criado le contó cuál era su problema y, como todos los príncipes se pasaban el día merodeando por el bosque buscando oportunidades como aquella, nuestro príncipe azul corrió encantado a salvar a la bella Blancanieves.

Encontró la casita enseguida y, unos minutos después, el ataúd de cristal.

Con cuidado, levantó la tapa y admiró un momento a Blancanieves antes de cortar los lazos del corsé.

Ella despertó de inmediato y miró al atractivo príncipe.

—Te quiero, Blancanieves. Cásate conmigo y sé mi princesa.

Ella había olvidado qué enanito se convertía en qué príncipe, pero sabía sin ninguna duda que aquel no era uno de los suyos.

—No puedo casarme contigo —le dijo.

El príncipe se quedó helado. Estaba seguro de que no era así como terminaba la historia pero, después de una breve discusión, por fin se rindió y dejó a Blancanieves en paz. Y, ah, qué fiesta organizaron los enanitos para celebrar su regreso a la vida.

La reina, por supuesto, intentó por todos los medios que volviese al castillo, pero Blancanieves se negaba en redondo. Según ella, vivía muy feliz allí.

El extraño comportamiento de su hijastra provocó muchos rumores entre la población, pero la reina y aquellos a su servicio mantuvieron siempre que Blancanieves se había casado con el príncipe que la salvó y se había marchado con él a su reino para vivir felices y comer perdices.

Quizá esa es la historia que tú has oído, pero te aseguro que Blancanieves se quedó en la casa con los siete enanitos. Y, sin duda, sigue por allí.

El traje nuevo de la emperatriz

Este es un relato sobre una emperatriz. Durante la mítica era de su reinado, había muchas emperatrices y reinas en el mundo. Se dice que estas mujeres legendarias reinaron juiciosamente y mantuvieron una sorprendente buena relación con las naciones que las rodeaban. Y en cuanto a sus súbditos, en fin, no hubo ninguna revolución.

Desde luego que no, porque estas mujeres eran unas líderes supremas. Y uno de los grandes misterios de la historia es por qué perdieron el poder. Sospecho que tuvo algo que ver con un heredero masculino en alguno de esos reinos que, aburrido de su pacífica existencia, pensó que sería más interesante si la cuestión de la autoridad se decidía por la fuerza. Pero en fin, de esa teoría hablaremos en otro momento porque empiezo a divagar.

La emperatriz de la que quiero hablarte regía su país con gran sabiduría y bondad y era respetada y admirada por todos. Tenía la lealtad de sus súbditos y todos los países que rodeaban al suyo eran sus aliados. Su marido, el emperador, la ayudaba a convertir todas sus decisiones en leyes, confiando en su sentido común siempre y sin la menor duda.

Solo había una excentricidad en el carácter de la emperatriz y quizá era de esperar en una persona de tal valía. Verás, a esta mujer le gustaba llamar la atención y nunca era más feliz que cuando estaba bajo los focos, con los ojos del mundo clavados en ella.

Según pasaban los años, el deseo de la emperatriz de llamar la atención se hizo más grande y, a veces, hacía cosas que parecían incluso un poco escandalosas. Sus vestidos se volvían más escotados, con telas más finas y cortados de tal forma que revelasen la mayor cantidad posible de piel. Además, solía dejar las puertas abiertas cuando lo que la mayoría de la gente esperaría es cierta intimidad.

Su marido, el emperador, conocía bien esta peculiaridad de su esposa, pero como todo lo demás, le parecía encantador.

Las cosas iban bien para todos hasta que un día ocurrió algo durante una fiesta que habían organizado para celebrar el cumpleaños de la emperatriz.

Había más intriga de la normal durante los preparativos de tal ceremonia porque se rumoreaba que la emperatriz había encontrado un sastre cuyos diseños jamás habían sido vistos en la región. La ropa de la emperatriz llamaba la atención incluso en circunstancias normales y, en esta ocasión, con el misterio añadido del sastre, la curiosidad de sus súbditos se desató.

Cuando por fin llegó la noche de la gran gala, la gente hacía cola en la puerta del castillo, ansiosos por ver a su querida regidora de cerca. Los criados iban de un lado a otro haciendo su trabajo, especulando sobre qué se pondría esa noche la emperatriz. Incluso el emperador esperaba ansiosamente la gran entrada de su esposa.

En su momento, el emperador y sus invitados se colocaron alrededor de la mesa de ceremonias, con los criados tras ellos dispuestos a saltar ante cualquier demanda o capricho.

De repente, todos los invitados empezaron a murmurar y el emperador levantó la mirada para saludar a su esposa...

¡Que iba completamente desnuda!

Los invitados se miraban unos a otros pero, educados como eran, se recuperaron admirablemente del susto. Una conocida duquesa, famosa por ser una mujer de mundo, fue quien habló primero:

—Majestad —le dijo— debe darme el nombre de su nuevo sastre. ¡Nunca había visto nada parecido!

Inmediatamente, todos los demás asintieron, comentando el esplendor del traje. Solo el emperador permanecía en silencio, con una sonrisa burlona en los labios. Sabía que la emperatriz no podía hacer nada mal a ojos de sus súbditos, que jamás admitirían que iba desnuda. Pero, en su opinión, había ido demasiado lejos.

El problema era convencerla. Como consorte, era su obligación advertirle a su esposa que estaba cometiendo un error, pero... no era tarea fácil, ya que la emperatriz era una mujer muy segura de sí misma. Y debía serlo para dirigir un reino. ¿Cómo decirle que su continuo deseo de atención, que estaba convirtiéndose en exhibicionismo, empezaba a restarle autoridad?

Entonces se le ocurrió una idea. El emperador permaneció callado durante la cena, pero estaba formulando un plan. Nadie se percató de su preocupación porque, como siempre, toda la atención estaba centrada en la emperatriz.

Unas semanas después, el emperador volvía a sonreír mientras se vestía para la velada que tan cuidadosamente había preparado. La emperatriz estaba más contenta que nadie con la idea. ¡Una producción teatral, allí mismo en el castillo! Hacía siglos que no organizaban nada parecido. La emperatriz le rogó que le contase los detalles, pero su esposo se negó. Incluso los criados, que ella suponía serían los actores en la función, no decían una palabra.

La sala que había elegido para la representación era una estancia circular y, durante una semana, todos los pintores de palacio trabajaron para crear diseños exóticos en las paredes. Los asientos estarían a un lado de la habitación, pero lo más peculiar era el palco que se había creado para la emperatriz y su marido, que estaba frente a los asientos.

El palco era, en realidad, una habitación pequeña construida con paneles. Los paneles estaban hechos de fino cristal y su excepcionalidad consistía en que desde cada uno podía verse un punto diferente del evento. De modo que cuando mirabas a través de un panel, se veía todo como sería a través de un cristal normal, pero si mirabas por otro, la misma imagen aparecía ligeramente magnificada y, mirando a través de otro, la imagen se magnificaba aún más.

Para los detalles finales de esos preparativos, el emperador le pidió a su esposa que se pusiera el mismo vestido que había llevado para la cena de cumpleaños.

Cuando la noche del gran evento llegó, el emperador entró en el teatro unos segundos después de que hubiese llegado la emperatriz. Se detuvo un momento cuando la vio, sola en el palco de cristal. Se preguntaba si sabría lo que iba a pasar. ¿Disfrutaría del encuentro que había planeado para esa noche?, se preguntó.

A través de uno de los paneles de cristal, podía

ver cada detalle del cuerpo desnudo de su mujer, que se había puesto el vestido imaginario.

El emperador entró en el palco mientras los invitados se sentaban en sus asientos.

—¿Qué te parece mi nuevo traje?

Como esperaba, ella intentó disimular su sorpresa y levantando ligeramente la barbilla, le contestó:

—Veo que has descubierto la identidad de mi nuevo sastre.

—Desde luego que sí —replicó él, que iba completamente desnudo y estaba totalmente erecto. La emperatriz intentaba fingir que no se había dado cuenta y mantenía una apariencia que era a la vez digna y un poco distante. Pero el movimiento de subida y bajada de sus pechos delataba una falta de oxígeno que solo ocurría cuando uno tenía que acomodar un corazón acelerado.

El emperador se dio cuenta y disimuló una sonrisita. Había esperado esa reacción para el final del Acto II. Aquello iba mejor de lo que esperaba.

Pero había llegado la hora de hacer la obertura.

Lentamente, el emperador levantó una mano para tocar el pecho de su esposa. Sorprendida, la emperatriz miró hacia uno de los paneles de cristal para comprobar si los invitados se habían dado cuenta.

¿Los invitados? Los invitados eran los criados de palacio, se dio cuenta entonces. Y todos estaban mirándolos con gran curiosidad.

El emperador deslizó entonces la mano por el abdomen de su esposa y sobre la curva de sus caderas. Ella sintió un cosquilleo en el vientre. Tenía la impresión de que, de una manera o de otra, el evento ya había empezado.

El emperador esperó pacientemente a que la emperatriz entendiese la situación, intrigado por la mezcla de confusión y deseo que veía en su rostro.

—Pensé que íbamos a ver una obra de teatro...

—Y la habrá —contesto él, tomándola por los hombros para colocarla delante del panel que estaba frente a los invitados.

En sus rostros la emperatriz vio una variedad de reacciones, desde la intriga al asombro, la diversión o incluso el lascivo goce en el rostro de algunos criados jóvenes. Y se dio cuenta de que el espectáculo iba a ser ella. Entonces miró a su marido, horrorizada, aunque una ola de ardiente deseo recorrió sus entrañas.

La emperatriz permaneció inmóvil. Ese era, en realidad, su más oscuro y secreto deseo. Pero lo temía tan vigorosamente como lo deseaba. Y respondió a este dilema como lo haría un cervatillo cuando es cegado por una luz brillante: quedándose paralizada.

Entonces sintió los cálidos labios del emperador en el cuello, las manos en sus caderas. Hipnotizada, la emperatriz vio que los criados seguían los movimientos de la mano de su marido con atención, especialmente cuando empezó a tocar sus pechos. Y cuando, repentina y brutalmente, apretó la punta de sus pezones con dos dedos, obligándola a lanzar un gemido de dolor, no apartó los ojos de los espectadores, que parecían extasiados por la exhibición.

Nerviosa, la emperatriz notó que la mano de su marido se deslizaba hasta el interior de sus muslos. Y vio al público entusiasmado cuando empezó a acariciarla.

Pero el emperador estaba impaciente por saber si ella estaba dispuesta a aceptar su parte en el juego y, mientras los criados miraban, la tocó íntimamente, metiendo un dedo en su interior buscando una respuesta a su pregunta. Y lanzó un gemido de placer al sentirla húmeda.

Como la prueba había sido un éxito, al emperador no se le ocurrió ninguna razón para no seguir adelante con la «representación teatral», de modo que empujó suavemente a su mujer para que se doblase hacia delante. Instintivamente, ella se agarró a un panel de cristal. Mientras tanto, él le separó las piernas con el pie, sujetándola por la cintura.

—Tú eres la representación, querida —le dijo, mientras entraba en ella.

La emperatriz se quedó como obnubilada, apoyándose en el cristal, incapaz de pensar en nada más que en la sala llena de criados que miraban en silencio cómo el emperador la poseía delante de sus ojos. Poco a poco, empezó a responder a las embestidas de su marido. Pero cuando aquella sensación irreal empezó a dejar paso a la auténtica realidad de la situación, que los criados de palacio estaban viéndola copular con su marido, se sintió más excitada que nunca. Y sus movimientos se volvieron más desinhibidos, más frenéticos hasta que, por fin, empezó a empujar las caderas hacia el emperador en un frenesí de placer.

Aunque mantenía los ojos pegados al suelo, la emperatriz sabía que la estaban mirando, observando cada movimiento. Aun así, metía una mano entre sus piernas para tocarse a sí misma. Que los criados estuvieran viendo su mano y cómo se daba placer sin duda aumentaba su excitación. Pero no se atrevía a mirarlos directamente.

¿Cuál sería la respuesta de la audiencia a tal exhibición?, se preguntó. ¿Qué estarían pensando mientras veían a la emperatriz y al emperador copulando públicamente con tal abandono? Podía sentir el exquisito placer que le daba su esposo, pero ¿cómo sería desde el punto de vista de los espectadores?

De repente, lo único que deseaba era ver al público. Y lo hizo. Levantó la cabeza y miró. Todo su cuerpo se convulsionó cuando sintió clavados en ella los ojos de la multitud, que la miraba estupefacta. Algunos miraban el sitio donde su marido y ella estaban unidos, otros miraban sus pechos, colgando, otros examinaban su cara. La emperatriz tembló al imaginar la visión que presentaba de sí misma desde cada panel. Y sentía un placer inmenso mientras miraba de una cara a otra... sabiendo que estaba exhibiéndose de manera tan impúdica.

La respuesta de la emperatriz aumentó la excitación de su esposo, que se volvió más agresivo, usándola salvajemente. Y durante todo el tiempo, los ojos de los criados no se perdían nada. Lo veían todo: desde las manos del emperador sujetando las caderas de su esposa a los gritos que salían de sus labios por las violentas embestidas.

Pero el emperador no pensaba parar. Cuando la mano de la emperatriz resbaló y cayó al suelo, tiró de ella con fuerza para levantarla y siguió embistiéndola sin piedad. Era, desde luego, sorprendente ver a la emperatriz en tal posición, doblada de la cintura para abajo, con las manos y los pies en el suelo mientras el emperador persistía en tomarla por detrás.

Pero lo más asombroso de todo era que ella seguía levantando el cuello para ver la expresión de los criados.

En medio de todo aquello, y después de una embestida particularmente salvaje, su cuerpo entero se estremeció, exponiendo su inmenso placer ante la congregación.

Por fin, el ardor del emperador llegó al cúlmen y la emperatriz sintió su húmedo chorro cayendo por sus muslos. Pero no la soltó enseguida; no, siguió dentro de ella, girando las caderas, despacio, echando la cabeza hacia atrás, dejando escapar gruñidos de puro gozo.

La humillante posición que se veía obligada a mantener, porque no había podido recuperar el equilibrio, avergonzaba a la emperatriz. Lo único que podía hacer era esperar que el emperador la soltase. Pero aun así no podía dejar de mirar las caras de los espectadores. Y, a pesar de su vergüenza, empezaba a excitarse de nuevo.

Pero, al fin, el emperador hizo un gesto para que los espectadores se levantasen. Y tampoco ellos parecían capaces de apartar la mirada mientras salían del teatro.

A solas con su mujer, el emperador la ayudó a incorporarse, con una sonrisa en los labios.

—Te ha gustado, ¿verdad?

Ella asintió con la cabeza, demasiado avergonzada como para admitir en voz alta cuánto le había gustado.

—Me alegro, porque tendremos otra representación la semana que viene. Esta vez con invitados de la aristocracia.

La emperatriz miró a su marido, incrédula. Si lo que acababan de hacer salía de palacio, sería su ruina. Era muy fácil convencer a los criados para que guardasen silencio, pero ¿a la aristocracia?

—¿Se me había olvidado decírtelo, cariño? Los paneles de cristal de nuestro palco son mágicos. Todos los que miran hacia aquí olvidan lo que han visto en cuanto salen del teatro. Así que ya ves, cielo mío, cada vez que alguien venga a este teatro se quedará asombrado y escandalizado al ver nuestra representación... como si fuera la primera vez que la ven.

—¿Quieres decir que los criados no recordarán nada de lo que han visto? —exclamó ella.

—¿Te gusta tu nuevo teatro, querida? —le preguntó su marido, riendo.

—¡Oh, sí! —grito ella, dando palmaditas de alegría.

Imagina, a partir de aquel momento podía conseguir toda la atención que quisiera, y más aún, y nunca tendría que preocuparse por el efecto que ejercería eso en su vida como emperatriz.

Pensó entonces en lo excitante que había sido tener todos aquellos ojos clavados en ella y en su esposo. ¿Qué habrían pensado los criados? La emperatriz se preguntó luego qué cosas le haría su marido delante de los aristócratas...

El emperador volvió a reír mientras observaba la expresión extasiada de su esposa.

—He invitado a duques y duquesas de todo el reino para que vengan a ver nuestra siguiente representación. Quizá deberíamos empezar a ensayar ahora mismo.

Y, por supuesto, se pasaron el resto de la noche haciendo exactamente eso.

La cuidadora de gansos

Una vez vivió una princesa que, desde el día de su nacimiento, había sido prometida en matrimonio a un príncipe de un lejano reino. Cuando se hizo mayor y llegó el momento de ir a buscar a su príncipe, hubo una gran tristeza en todo el país, pues era una princesa amable y buena, querida por todos. Su madre, la reina, estaba desconsolada y, llorando, reunió todos los tesoros que pudo para que su hija se los llevase.

Los preparativos del viaje duraron varios meses y, cuando por fin terminaron, había tal procesión de arcones y baúles que no se podía ver principio y final. Dentro de los arcones había joyas de la más rara calidad y brillo, accesorios de oro y plata, metros y metros de las más finas telas de todos los colores del arco iris y... en fin, demasiadas cosas como para mencionarlas aquí, todo de la mejor calidad y en gran abundancia. No se había ahorrado detalle alguno. Hasta una reina aprobaría tal dote.

Estos baúles fueron cargados en carretas que eran custodiadas por guardias elegidos entre los criados más leales de palacio.

Además de la extravagante carga, la princesa recibió, como criada personal y acompañante, a la preciosa hija del criado más leal del rey, un hombre que descendía de una larga línea de criados dedicados a servir a la corona. Y, además, era amiga de la princesa desde la infancia.

Para su jornada, recibió también una yegua encantada que podía hablar, llamada Falada. Y, por fin, un collar de oro del que colgaba el anillo real que pertenecía a su prometido.

Cuando todo estaba listo, el castillo entero salió a la carretera para despedir a la princesa y, por fin, el viaje empezó.

La princesa y su acompañante pasaron las primeras horas charlando alegremente de lo que las esperaba en el país de su futuro marido pero, en realidad, ella no quería casarse. Y menos con un príncipe al que no conocía de nada. Desde luego, sabía que no podría evitar la boda porque ella era una joven obediente. Pero era su intención disfrutar hasta el último momento de libertad.

Decidida por tanto a no apresurar lo inevitable, convenció a los guardias para que se adelantasen y las dejaran ir a su ritmo. Eran solo un par de días de camino después de todo y, además, nadie en la comitiva se atrevería a negarle nada a la princesa.

El primer día fue especialmente caluroso y, después de haber parado varias veces, la princesa y su acompañante quedaron detrás del grupo. Cuando empezaba a anochecer, llegaron a un río y, encantadas ante la idea de darse un baño, decidieron acampar allí.

Las jóvenes bajaron de sus caballos, se quitaron la ropa y se lanzaron de cabeza al agua. Era maravilloso deshacerse del polvo del camino.

Pero la princesa tenía el cabello muy largo y enseguida se le enredó. Viendo sus dificultades, la criada corrió a su lado para ayudarla.

El agua fresca acariciaba sus miembros mientras la joven lavaba cuidadosamente el pelo de su ama, la corriente haciendo que chocasen, riendo. Enseguida, el empuje del agua surtió su efecto y las jóvenes empezaron a tocarse... no siempre por accidente.

Una vez que su pelo estuvo limpio y desenredado, la princesa decidió devolver el favor. Y mientras lavaba el pelo de su bella criada, empezó a sentirse excitada por el roce de su cuerpo desnudo.

Como en un sueño, empezó a mover el jabón arriba y abajo. Parecía estar lavándola pero, en realidad, quería tocarla íntimamente. Sentía curiosidad por saber cómo era la otra mujer y compararse con ella. Pero, más que eso, sentía el deseo de darle placer y recibirlo ella misma.

La criada no tardó mucho en sentirse invadida por el mismo deseo y también empezó a tocarla. Las dos se maravillaban por las pequeñas peculiaridades de su, por otra parte, parecidos encantos.

Poco a poco se fueron haciendo más familiares la una con la otra, descubriendo, como solo podían hacerlo las mujeres que disfrutaban tocándose a sí mismas, lo exquisito que era tocar a alguien que es igual que tú. Oh, qué dulce sentir que el pezón de la amante se endurece entre los dedos... Cómo excitaba tocar el cuerpo de la otra y acariciar sus caderas y sus redondeadas nalgas.

El corazón de la princesa saltaba de alegría al descubrir, escondido entre los rizos, el capullo que provocaba estremecimientos de gozo. Sin poder resistir la tentación, introdujo un dedo para sentir la sedosa humedad del interior y su criada cerró los ojos, temblando.

Empapadas, se acariciaron la una a la otra, descubriendo con delicia que, a pesar de las diferencias, eran muy parecidas.

Como ya no necesitaban disimular, la princesa y su criada salieron del río y secaron sus cuerpos, riendo y bromeando. Como dos duendes, corrieron por la orilla del río completamente desnudas y luego, más tarde, colocaron sobre la hierba una manta de seda.

Cuentos para el placer

La princesa se tumbó al lado de su criada y besó sus labios suavemente. Ella le devolvió el beso, apretando sus pechos contra los de su joven ama. Se abrazaron como si no se hubieran visto en mucho tiempo, besándose una y otra vez. Entre beso y beso se decían palabras cariñosas y un poco picantes... era exquisito para las dos cuando sus pechos se rozaban, sus piernas se deslizaban unas encima de otras y las húmedas aberturas se frotaban entre sí.

Pero ahora estaban terriblemente excitadas y querían más.

La princesa se colocó encima de la criada, pero mirando en dirección contraria. Por instinto, primero se examinaron atentamente con los ojos y luego lamieron la delicada carne de la otra. Suaves gemidos escapaban de sus gargantas mientras descubrían el placer que podían darse.

Tan fiero era su abrazo, tan apasionadamente se besaban que, desde lejos, parecían una sola persona. Sus gritos de placer hacían eco por el bosque mientras los caballos miraban la escena, en silencio. Pronto terminó todo, pero la princesa y su criada siguieron abrazadas, temblando y susurrando palabras de amor.

Más tarde, esa noche, la criada despertó al notar un objeto duro bajo la manta. Tocando a ciegas, encontró el anillo real que había caído del collar de la princesa mientras hacían el amor...

Y entonces su rostro se transformó. Rápidamente, lo escondió entre su ropa. Un terrible plan, mientras tanto, iba tomando forma en su mente.

La criada sabía que debería sentirse agradecida por su puesto de acompañante de la princesa, ya que no encontraría una persona más buena en todo el reino. De hecho, la trataba más como a una hermana... pero quizá era esta benevolencia lo que causaba en ella tal descontento.

Fuese cual fuese la razón, estaba celosa de la princesa y deseaba tener sus joyas y su posición. Además, la princesa estaba a punto de casarse con un príncipe. Para ella, casarse con un príncipe sería un sueño. Porque estando casada con un príncipe tendría todo el poder y podría hacer todo lo que quisiera.

Una vez que la idea de traicionar a la princesa se formó en su retorcida mente, la controló por completo. Olvidó todos los sentimientos de simpatía por la que había sido su amiga e incluso se le ocurrió que tendría que amenazar con quitarle la vida para lograr su sueño. La criada amaba su propia ambición más de lo que amaba a la princesa.

Al día siguiente, no reveló sus intenciones a la princesa. En lugar de eso, fue callada y mohína durante todo el camino.

A mitad del día pasaron por otro riachuelo.

—Por favor, baja del caballo y tráeme un poco de agua —le dijo la princesa.

Pero la criada se negó.

—Puedes hacerlo tú misma.

Esto sorprendió a la princesa, pero era demasiado amable como para discutir, de modo que desmontó y bajó a beber al riachuelo.

Su yegua, Falada, se percataba de todo lo que estaba ocurriendo y piafaba, irritada.

Un poco más adelante, la princesa de nuevo sintió sed y volvió a pedirle a su criada que fuese a buscarle un poco de agua.

Pero, de nuevo, la criada se negó; esta vez de forma más grosera. La princesa se vio obligada a bajar del caballo, pero cuando volvió al camino comprobó que su criada también había desmontado.

La miraba con los ojos encendidos, como si quisiera matarla. La princesa se asustó.

—¿Qué ocurre...?

Su criada le ordenó entonces que se quitase el hermoso vestido y se pusiera su ropa. Aquella le pareció una extraña petición, pero decidió obedecer. Luego, la criada montó a Falada y la obligó a montar en su caballo. La princesa no dijo nada, pensando que sería más seguro esperar hasta que llegasen al castillo del príncipe antes de cuestionar el extraño comportamiento de la joven.

En cuanto a esta, seguía posponiendo el momento de finalizar su plan porque, a pesar de su deseo de convertirse en princesa, matar a su amiga no iba a ser una tarea agradable.

Siguieron viajando de esta forma, con la princesa demasiado asustada como para decir una palabra y la criada pensando cómo iba a librarse ella. Cuando por fin llegaron al cruce de caminos que marcaba la entrada al reino del príncipe, la criada se dio cuenta de que no podía retrasarlo más. De modo que sujetó las riendas del caballo de la princesa y la obligó a desmontar.

Antes de que pudiese decir nada, la criada sacó una daga de entre los pliegues del vestido. Apuntando con ella al corazón de la princesa le dio un ultimátum: debía prometer que nunca revelaría su verdadera identidad o moriría allí mismo. La princesa estaba demasiado asustada como para decir una palabra.

—¡Sé que no romperías nunca una promesa, de modo que promételo o muere!

¿Qué podía hacer? Para salvar la vida, la princesa tuvo que prometer que nunca diría nada.

Y, a partir de entonces, todo ocurrió como la criada había planeado. Cuando llegaron a su destino, fue tratada como si ella fuese la hija de un rey, mientras la princesa se veía obligada a actuar como sirvienta. Encerrada en un cuartucho y vestida con las pobres ropas de la criada, nadie creería que era la hija de un rey.

Y, por supuesto, la traidora se había encargado de enviar a los guardias de vuelta a casa, sin dejar que la vieran con las ropas de la princesa, de modo que no había nada que pudiese hacer.

Por supuesto, la malvada joven no perdió el

tiempo y se casó con el príncipe. Pero la verdadera princesa se negó a servirle y, como no poseía habilidad alguna, solo pudieron encomendarla que atendiese a los gansos del castillo. Y así fue como empezó a ser conocida como «la cuidadora de gansos».

De esta manera, el príncipe y la falsa princesa vivían felices, pero la joven heredera, mientras tanto, sufría una vida de pobreza y soledad, teniendo por únicos compañeros a sus gansos.

Un día, el príncipe deseó ir a dar un paseo a caballo y, como el suyo estaba siendo cepillado, decidió montar a Falada.

Salió al galope, porque Falada era una buena yegua, pero cuando llegaron al cruce de caminos donde la criada había amenazado con matar a la princesa, el animal se detuvo de golpe, murmurando:

—Aquí es donde la criada habría matado a la verdadera princesa si esta no hubiera jurado mantener en secreto su identidad.

El príncipe se quedó atónito, pero permaneció en silencio y dejó que la yegua siguiera adelante.

—Aquí es donde la criada obligó a la verdadera princesa a cambiar sus ropas.

De nuevo, el príncipe permaneció en silencio, esperando para ver si conseguía más información.

Cuando llegaron al riachuelo, Falada volvió a detenerse:

—Aquí es donde la criada y tu verdadera

princesa se bañaron y acariciaron la una a la otra, provocando que el anillo real cayese en manos de la traidora criada.

Al oír esto, el príncipe tiró de las riendas y lanzó a Falada al galope para volver al castillo. Nada más llegar, mandó llamar a su esposa. Aunque la pena por tal traición solía ser severa, el príncipe quería a su mujer, criada o no. No quería hacerle daño y paseaba de un lado a otro, intentando encontrar un castigo adecuado a sus actos.

—¿Qué deseas, marido mío?

El príncipe se volvió.

—Deseo que me traigas a mi verdadera esposa —contestó él. La criada lo miró, pálida como un cadáver—. Haz lo que te digo.

Aterrorizada, la joven corrió a buscar a la princesa. La encontró con los gansos en el patio y le contó la petición del príncipe.

Temblando, las dos mujeres entraron en la cámara del príncipe y él las observó, en silencio. Había decidido cuál sería el castigo para su mujer y estaba decidido a llevarlo a cabo.

—Quiero tener eso de lo que tu engaño me ha privado —dijo al fin.

Pero cuando miró a la princesa se lo pensó mejor porque, la pobre, después de tantos meses cuidando gansos y viviendo en una pequeña y sucia habitación, no parecía muy bella.

—Pero primero tendrá que darse un baño. Tú la bañarás como hiciste en el río.

—Pero...
—Haz lo que te digo.

La esposa del príncipe desnudó a la cuidadora de gansos y, mientras la miraba a los ojos, en los que no había maldad alguna, se sintió avergonzada de sí misma. Recordó entonces lo buena que la princesa había sido siempre con ella...

—Será más fácil si os bañáis juntas —dijo el príncipe—. ¿No es así como lo hicisteis en el río?

Con desgana, su esposa se desnudó para meterse en la bañera. Pero, a pesar de sus miedos, no podía dejar de sentir un cosquilleo familiar entre las piernas. Un cosquilleo que, en las presentes circunstancias, era tan turbador como agradable.

Colocando una pierna a cada lado de la princesa, empezó a lavar su pelo. Luego, con el jabón, se lavaron la una a la otra como habían hecho en el río. La princesa, viendo el miedo que había en los ojos de su antigua amiga, y sin acordarse del príncipe, la besó en los labios.

Pero la antigua criada, atormentada por demasiados sentimientos conflictivos como para responder al beso, salió bruscamente de la bañera.

El príncipe le dio a su esposa una toalla y le dijo que secase a la cuidadora de gansos. Luego, llevó a las dos mujeres a su cama, diciendo con aparente tranquilidad, aunque por dentro estaba temblando de excitación:

—Por favor, señoras, mostradme cómo os acariciabais en el río.

Las dos jóvenes dudaron, avergonzadas. Pero el príncipe estaba impaciente y volvió a repetir la orden en tal tono que no tuvieron más remedio que obedecer.

De modo que se tumbaron en la cama, como lo habían hecho a la orilla del río, y volvieron a tocarse como entonces. El príncipe, hipnotizado, iba de un lado a otro de la cama, viendo cómo se tocaban, se besaban, como se abrían con los dedos para dar paso a sus lenguas...

La cuidadora de gansos ni siquiera se fijaba en él, tan concentrada estaba en su tarea. Y, por fin, la criada, que había experimentado tantos sentimientos diferentes aquel día, empezó a relajarse.

—Tócala —dijo el príncipe.

Su esposa obedeció.

—Ábrela para mí.

La criada sintió una punzada de celos. ¿Se habría enamorado su marido de la cuidadora de gansos? Pero, claro, ¿qué derecho tenía ella a estar celosa cuando le había robado el marido? Además, no podía estar celosa de alguien a quien amaba... porque amaba también a la princesa, se dio cuenta entonces. Y se juró a sí misma no volver a hacerle daño nunca más.

De modo que obedeció, abriéndola con los dedos mientras su esposo sacaba su erecto miembro del pantalón. La cuidadora de gansos dejó escapar un gemido de placer mientras era penetrada por quien debería haber sido su marido. El príncipe, en cambio, observaba el rostro de su esposa mientras poseía a la joven... y esto aumentaba su placer.

—Tócala —le ordenó.

La criada alargó una mano y buscó el capullo escondido que conocía tan bien. Y, mientras su esposo la poseía, empezó a hacer círculos con el dedo...

La cuidadora de gansos gemía y se agitaba de gusto mientras el príncipe seguía empujando. De repente, el cuerpo de la chica se convulsionó violentamente y, llegando al clímax, abrazó y besó a su criada en los labios.

—Túmbate, mujer —le ordenó el príncipe con voz de trueno—. Ponte a su lado y abre las piernas.

Su esposa parecía tan asustada que la cuidadora de gansos, para protegerla, la abrazó. Pero no debería tener miedo porque el príncipe se había enamorado de ella y no quería hacerle daño. Solo quería castigarla por su mala acción.

Sin embargo, al ver que los pechos de la cuidadora de gansos se aplastaban contra los de su mujer se sintió más excitado que nunca. Tumbadas una al lado de la otra, con las piernas abiertas, el príncipe hizo turnos para darles placer a las dos.

Y, para devolverle el favor, la princesa ayudó a su amiga poniendo un dedo en su capullo escondido y acariciándolo mientras su esposo la penetraba. Poco después, la criada, abrazando a la princesa y a su marido a la vez, dejó escapar un grito de placer.

Más tarde, cuando los tres estaban saciados del todo, la antigua criada abrazó a la verdadera princesa para pedirle perdón.

—Debes vivir en el castillo con nosotros. Yo seré tu criada y trabajaré para ti día y noche...

—Si de verdad quieres que viva en el castillo, lo haré, pero no creo que una princesa deba actuar como una sirvienta.

—Pero todos sabemos que no soy una princesa de verdad...

—Lo eres —insistió la joven.

—¡Claro que lo eres! —exclamó el príncipe—. Te has casado conmigo, de modo que eres una princesa de verdad y como tal has de comportarte.

El príncipe cerró los ojos después para descansar, mientras las princesas se susurraban ternuras la una a la otra y hacían planes para el futuro, su futuro, juntas. Y, de nuevo, no se le ocurrió a ninguna de la dos consultar con el príncipe.

Pero, por curioso que pueda parecer, al príncipe no le importó en absoluto. De hecho, desde ese día jamás volvió a protestar por ninguna de las decisiones de su esposa.

El lobo con piel de cordero

Siempre me he comportado como lo haría toda una señora. Y, por mis esfuerzos, me he llevado una recompensa. Siendo una señora he obtenido el respeto de los hombres y el de las mujeres que son mis colegas. Esto podría parecer una pequeña recompensa por las dificultades con las que una se encuentra para cumplir las expectativas, pero me ha satisfecho la mayoría de las veces. Pero, con el paso de los años, me fui dando cuenta de mis limitaciones y de la falta de nuevas oportunidades. Y un día me pregunté qué alternativas había.

Esto no quiere decir que lamente las decisiones que he tomado en la vida. De todos los estilos de vida que podría haber elegido como mujer, ese ha sido sin duda el más tolerable para mí. Pero un día no pude dejar de preguntarme por qué son solo mujeres las que tienen elecciones limitadas y barreras continuas.

¿Te has dado cuenta, por ejemplo, de que las mujeres con fuerte instinto maternal tienden a perder otros aspectos de su personalidad en cuanto tienen hijos? Abandonan sus carreras, dejan de arreglarse y se niegan a sí mismas su sexualidad. Por fin, las oportunidades profesionales o románticas desaparecen y se convierten en seres unidimensionales y aburridos para cualquiera que no lleve pañales.

Luego está la mujer que elige el estilo de vida profesional. Sus colegas no son tan tolerantes como los de las madres, no. Está en territorio peligroso y no puede ceder a sus tendencias menos sofisticadas para no parecer «poco profesional» y perder aquello por lo que ha trabajado. De modo que debe poner mucha atención en su forma de presentarse ante los demás. Si tiene hijos, se sentirá siempre culpable porque para tener éxito en su carrera será necesario olvidar instintos maternales que podrían ser considerados como una debilidad y poco profesionales por sus contemporáneos.

Pero el peor destino de todos es el de la mujer que elige el sexo como lo más importante de su vida. Aunque, normalmente, esta no es una elección premeditada.

Aunque esta mujer parece ser admirada por

los hombres, en realidad está muy sola porque ellos meramente la utilizan. Este tipo de mujer se muestra con poca ropa y se exhibe ante los hombres creyendo que su cuerpo es lo único que tiene, su única posibilidad de encontrar amor y seguridad. Se deja explotar por los hombres para terminar con nada, porque enfada a otras mujeres y alivia a los hombres de cualquier responsabilidad. A veces incluso pierde el derecho a esa parte maternal de sí misma porque los hombres no se lo permiten.

Los hombres, por supuesto, no tienen esas barreras. Y, sin embargo, son ellos los que parecen decididos a que las barreras de las mujeres sigan en pie. No sé por qué es así, ya que esto hace que las cosas sean casi tan incómodas para ellos como lo son para nosotras. Pero parece que estas barreras les ofrecen cierta seguridad. Los ayudan a definir a las mujeres en sus vidas. No es un plan a prueba de bomba, claro, pero funciona suficientemente bien y, supongo, en su opinión merece la pena.

Como ya he dicho, yo nunca he lamentado mi elección, sino haber tenido que elegir. Y aunque soy feliz como mujer, dentro de mis limitaciones, un día me pregunté cómo sería escapar temporalmente para vivir otra realidad.

Pero ¿cómo iba a escapar, incluso brevemente, sin arriesgarlo todo?

Lo pensé mucho durante años y me di cuenta

de que solo había una respuesta. Tendría que convertirme temporalmente en otra mujer. Pero... ¿en quién?

Esa era una pregunta importante porque, si de verdad iba a hacer la prueba, querría obtener el mayor placer de la experiencia.

Y, para mí, solo había una persona que podía ayudarme a lograr mi objetivo.

Una noche, me acerqué a mi marido para hablar del tema... no directamente, claro. Eso habría sido una tontería. No quería asustarlo, pero necesitaba su participación y el beneficio de su experiencia. La ironía de la situación no se me escapaba y admito que eso me disgustaba un poco, pero no era el momento de enfadarme con mi marido sencillamente porque era un hombre y él podía vivir esas experiencias mientras a mí no me estaban permitidas.

Generalmente, tengo pocas dificultades para conseguir lo que quiero de mi marido. Es un hombre amable y bueno y, durante nuestra vida marital, he desarrollado un método de acercamiento. Es quizá un poco infantil, debo confesar, pero funciona tan bien que no me apetece buscar otro. Te contaré la estrategia ahora, por si acaso quieres probarla.

Cuando quiero algo de mi marido, primero cuestiono su amor por mí. Esto prepara el tono porque lo coloca en la posición de hacer una declaración que, en unos minutos, le daré la oportunidad de demostrar. Con tan ventajoso comienzo, parece casi imposible que una falle. Además, me encanta oírselo decir.

Luego le digo que quiero algo de él, pero siempre pregunto si lo haría antes de pedírselo. Generalmente, él contesta que sí... aunque a veces se lo piense un momento e incluso murmure un «si puedo» o algo parecido. Pero yo no le presto mucha atención. Lo importante es que, como muchos maridos, quiere complacerme, si puede.

En este caso en particular me daba no se qué decirle a mi marido lo que quería. Sabía que, al principio, le parecería desagradable, así que le advertí que sería difícil, pero insistiendo en la importancia que tenía para mí. Tan sentidas eran mis súplicas que mis ojos se llenaron de lágrimas. Preocupado, mi marido tomó mis manos y me aseguró fervientemente que haría todo lo posible para hacer realidad mi deseo. Teniéndolo así de comprometido, procedí:

—Mi deseo, querido marido, es conocer los detalles del encuentro sexual más excitante que hayas experimentado en tu vida.

Vi que su preocupación se convertía en sorpresa. Y luego se echó a reír. Supongo que ha sido un poco tonto por mi parte darle tanta importancia al asunto, pero debes entender que, como una señora que soy, se espera muy poco de mí en el dormitorio. Y últimamente muy poco ha ocurrido allí. Me preocupaba que no me tomase en serio.

Mi marido dejó de reírse y me regaló una sonrisa paternal. Como temía, estaba a punto de complacerme contándome una de nuestras aburridas experiencias en la cama. Pero yo puse un dedo sobre sus labios.

—Antes de empezar, escúchame. Sé que me quieres y estoy convencido de que me respetas. Por esas dos razones, que valoro mucho, creo que debo ser eliminada de esos recuerdos. No estoy buscando una historia de amor romántico, solo quiero saber cuál ha sido tu encuentro sexual más memorable con una mujer... por muy chocante, lascivo o embarazoso que sea. Solo te pido que elijas el mejor incidente que puedas recordar y que no intentes ocultarme nada.

Pensé que conocía el significado de todas las expresiones de mi marido, pero nunca había visto ese particular gesto en su cara. Abrió la boca para decir algo y luego volvió a cerrarla.

Me di cuenta entonces de que tenía un recuerdo así. Estaba pensando en él en aquel mismo instante. Mi corazón empezó a latir a toda velocidad. Debía saberlo, tenía que saberlo. Lágrimas reales rodaron por mi rostro entonces.

—Sé que es una petición extraña, pero quiero saberlo.

Por fin, mi marido aceptó, claro, pero te juro

que fue más difícil que aquella vez que le pedí una carísima pulsera de diamantes.

Parecía realmente incómodo cuando por fin empezó a relatarme el incidente. Fue una experiencia de su juventud, muchos años atrás. Y mientras me la contaba, no había duda de que estaba diciendo la verdad. Por su expresión, y el ligero temblor en su voz, me convencí de la autenticidad del relato.

Afortunadamente, el asunto no me pareció repelente. Era algo que jamás había hecho con mi marido, ni con ningún otro hombre, y en lo que no estaba particularmente interesada, pero tampoco era algo que un hombre le pidiese jamás a una mujer como yo. Qué curioso que con solo pensarlo me hiciera sentir un cosquilleo entre las piernas. Sí, había sido una buena idea. Entonces supe en qué piel debía meterme para escapar de mi realidad y disfrutar de las delicias de una existencia completamente diferente... y mucho más pecaminosa.

Le hice a mi marido muchas preguntas sobre el suceso y, después de un rato, especialmente cuando se dio cuenta de que yo no estaba herida o disgustada, empezó a sentirse más cómodo. Contestó a todas mis preguntas satisfactoriamente y me dijo todo lo que sabía de la mujer, aunque era muy poco, ya que solo la había visto en esa ocasión.

Mi marido no sabía la razón por la que le

había pedido una cosa tan extraña y yo le escondí mis intenciones. Quería que todo fuera una sorpresa maravillosa para él.

Y me preparé durante días. Pero cuando todo estaba listo, seguí esperando porque confieso que estaba muy nerviosa.

Entonces, un día, decidí que estaba preparada. Ocurrió casi de forma accidental. Por curiosidad, me había probado la peluca rubia que había comprado para la ocasión y me miré al espejo.

Mi corazón empezó a latir con violencia. Tenía mariposas en el estómago. Sí, estaba preparada del todo.

Me maquillé bien, mucho más de lo que me maquillaría nunca, y tracé una línea de kohl bajo mis ojos que los hacía parecer mucho más grandes. Luego me pinté los labios. Habían pasado casi diez años desde la última vez que me pinté los labios de rojo, pero estaba segura de que nunca había usado ese tono tan llamativo.

No podía dejar de reír mientras me miraba al espejo. Me sentía como una niña usando los cosméticos de su madre... si su madre fuera una mujer ligera de cascos.

Luego me puse unas medias negras. Resulta difícil creer que las mujeres hayan podido soportar estas medias con liguero antes de que apareciesen los pantys. Pero qué delicioso es ponérselas sin braguitas. De nuevo, no podía dejar de reírme. Esperaba no hacer el ridículo riéndome durante toda la escena.

Una copa me habría ayudado, pero estaba decidida a esperar hasta el último minuto... y solo tomar una. No quería emborracharme después de todo. Quería que mis sentidos estuvieran bien despiertos.

Después de ponerme la peluca, el maquillaje, las medias y unos zapatos de tacón, había terminado. No iba a ponerme nada más. Era como si faltase una parte de mí, porque no soy la clase de mujer que se siente cómoda sin ropa, pero no había marcha atrás.

Como siempre, mi marido llegó a casa a las ocho y me llamó mientras cerraba la puerta. Yo me escondí entre las sombras del salón, con el corazón acelerado. Me llamó de nuevo, pero no contesté. Quería que cada detalle de aquella noche fuese memorable.

Mi marido me llamó por tercera vez y le oí subir de dos en dos los escalones que llevaban al segundo piso. Entonces empecé a tener miedo. Era casi la misma sensación que tenía de pequeña cuando jugaba al escondite.

Enseguida volví a oír sus pasos en la escalera, esta vez descendiendo. Había cierta preocupación en su voz cuando volvió a llamarme y fue entonces, y solo entonces, cuando salí de entre las sombras. Él me miró, perplejo. Al principio, ni siquiera parecía reconocerme.

Una nueva emoción me embargaba. Apenas podía respirar mientras mi marido me miraba con la boca abierta. Pero, por fin, la confusión dio paso al entendimiento. Me conocía. Y yo lo conocía a él. Se dio cuenta de lo que quería que hiciera y, por supuesto, yo tenía el guion memorizado.

Mi marido no dijo una palabra mientras se acercaba a mí, mirándome de arriba abajo.

—¿Seguro que quieres hacer esto? —me preguntó.

Tuve que hacer un esfuerzo para no echarme en sus brazos, tan emocionada estaba por su preocupación.

—Eso depende de ti —contesté, en cambio—. Y depende del dinero que tengas.

Era mi voz, pero no sonaba como mi voz.

—Tengo mucho dinero —dijo él, metiéndose en el papel—. Y me han dicho que tú eres la mujer que puede darme lo que quiero.

—¡Por qué no me dices lo que quieres? Entonces te diré si puedo ayudarte o no.

—Tú sabes lo que quiero —contestó él—. Es lo que quieren todos los hombres cuando se acercan a ti. Dicen que es tu especialidad.

—Sí —confesé yo, temblando ligeramente—. Creo que sé lo que quieres.

—Pues entonces, no perdamos más tiempo —murmuró él, quitándose la chaqueta.

Yo podía ver la evidencia de su excitación bajo

los pantalones. No recordaba la última vez que lo había visto así. Mientras lo miraba, tenía que hacer un esfuerzo para respirar, de tal forma mi corazón latía. Por fin, quedó desnudo delante de mí. Y estaba erecto... más que nunca.

—¿Dónde me pongo? —le pregunté.

Él miró alrededor como si estuviera viendo por primera vez el salón y, por fin, señaló una pequeña otomana, del tipo que se usa para apoyar los pies.

—Colócate ahí.

Yo pasé a su lado y, al hacerlo, puse en su mano un tubo de lubricante.

—Para lo que quieres necesitarás esto —le dije, intentando hablar como si hiciera aquello todos los días. No quería alejarme del guion, pero sabía que iba a necesitar algo para soportar la molestia de llevar a cabo esta experiencia por primera vez en mi vida.

Me doblé sobre la otomana de la manera lasciva que, imaginaba, lo habría hecho la otra mujer, basándome en la información que me había dado mi marido. En realidad, había practicado la posición innumerables veces cuando estaba sola, probando varios sitios y varias posturas. Y, cada vez, temblaba de deseo al pensar que iba a ser tratada de esa manera.

Mi marido, mientras tanto, estaba preparándose con el lubricante que le había dado. Yo esperé, disfrutando de las extrañas sensaciones que me ofrecía estar en aquella lujuriosa postura. Me preguntaba qué habría sentido la otra mujer esa memorable noche, tantos años atrás. En cuanto a mí, nunca había estado tan excitada.

De repente, sentí a mi marido a mi lado. Él me empujó hacia delante, maniobrando para colocarme exactamente en la posición que quería, como debía de haber hecho con la otra mujer.

Enseguida me tuvo donde quiso, con la cabeza y los brazos en el suelo y las rodillas sobre la otomana, abiertas del todo. En esta posición, mis caderas y mis nalgas se levantaban de la forma más invitadora posible.

Cuando mi marido me agarró por la caderas, preparándome para lo que iba a llegar, de repente todos mis sentidos se despertaron.

Contuve el aliento mientras lo sentía presionando sobre el delicado orificio. Mis nalgas se contrajeron instintivamente, deseando escapar. Pero la posición en la que estaba, y las manos de mi marido, no me lo permitieron. Estaba obligada a permanecer inmóvil mientras él me forzaba a recibirlo. Y, a pesar de mis buenas intenciones, lancé un grito de dolor.

Mi marido se detuvo inmediatamente. No se apartó, sin embargo. Había lágrimas de desilusión en mis ojos. No había esperado aquel dolor.

En ese mismo instante el dolor empezó a desaparecer, convirtiéndose en una ligera quemazón. Aun así, era terriblemente incómodo. Pero, a pesar de la incomodidad y el dolor, me sentía increíblemente excitada. Y no estaba dispuesta a renunciar a la experiencia.

«No puedo parar ahora», pensé. «Además, si ella podía hacerlo, yo también».

Con renovada determinación, arqueé la espalda, empujando mis nalgas hacia arriba todo lo que pude, abriéndome más para mi marido. Él dejó escapar una especie de gruñido y sus dedos se clavaron en mi carne. Avanzaba tremendamente despacio, entrando en mí poco a poco, y me di cuenta por sus gruñidos de que estaba haciendo uso de toda su fuerza de voluntad para controlarse.

Aun así, tuve que morderme los labios para no gritar.

Pero al fin, estaba dentro de mí. La mezcla de sorpresa, excitación e incomodidad no se parecía a nada que hubiese experimentado antes. Mientras me acostumbraba a tener aquello en mi interior casi sentí cierta decepción, tan exquisito había sido ese nuevo aspecto de la intimidad entre mi marido y yo.

Él se apartó un poco y, de nuevo, volvió a empujar hacia delante. Estaba siendo muy cuidadoso para no hacerme daño, pero yo no quería ser yo esa noche. Quería ser ella. Si iba a sentir lo que sintió ella, toda esa ternura tenía que desaparecer.

—¿Te gusta? —le pregunté a mi marido.

—Sí —murmuró él.

—¿Te gusta tanto el mío como te gustaba el suyo?

—¡Más!

Yo estaba acostumbrándome a tenerlo dentro. Seguía siendo terriblemente difícil pero, en cierto modo, eso aumentaba la excitación. Empecé a mover las caderas como recordaba que mi marido había descrito...

—¿Era así como se movía? —susurré.

—¡Sí!

—Le gustaba rápido y fuerte, ¿verdad? —continué yo.

—Sí, le gustaba rápido y fuerte —repitió él, con una voz que era apenas audible.

—Pues hazlo así. Quiero que lo hagas rápido y fuerte.

—Cariño, no quiero hacerte daño...

—No te importaba hacerle daño a ella —discutí yo, levantando las nalgas.

—Ella era diferente.

—Finge que soy ella —lo animé. Y, de repente, empecé a decir las cosas que aquella mujer le había dicho, exactamente como me lo había contado mi marido.

—¡Más fuerte! —grité, moviendo las caderas furiosamente—. ¡Sí, así está mejor... para eso me pagas!

En ese momento me daba igual lo que pareciese o lo que mi marido pensara de mí. Era como si de verdad fuese la otra mujer, como si de verdad estuviera esforzándome para darle placer a un completo extraño por dinero. Y mi marido estaba tan perdido en aquella escena como yo. Empezó a moverse contra mí con una violencia que no sabía que poseyera. Y yo, sin vergüenza ninguna, metí la mano entre mis piernas y me acaricié a mí misma.

—¿Qué soy? —le pregunté de repente, deseando oír esas palabras.

—¿Qué?

—Dime lo que soy.

—Eres mi mujer... mi vida...

—¡No! —lo interrumpí yo, frotando descaradamente. No podía parar—. Dime lo que soy.

Él dejó escapar un gruñido.

—Dime lo que soy, lo que le dijiste a ella.

—Zorra —murmuró mi marido. Y después de decir eso dejó escapar un grito, empujando hasta que sentí su miembro estremecerse dentro de mí—. ¡Eres una buena zorra!

Yo cerré los ojos y, en ese momento, sentí el abandono y el exquisito placer de ser una prostituta, pero sin los remordimientos o la soledad que ella habría sentido después.

Más tarde, mi marido me abrazó mientras dormía. Yo no podía hacerlo, estaba demasiado inquieta recordando cada detalle de la escena. No me dolía nada, curiosamente.

Una sonrisa de triunfo apareció en mis labios mientras apoyaba la cabeza en el pecho de mi esposo, que aquella noche había temblado sobre mí como nunca. Él me abrazó, sin decir nada.

Había conseguido saltar las barreras que habían definido durante tanto tiempo mi existencia y con resultados muy placenteros.

De hecho, yo diría que fue todo un éxito. No solo había descubierto un nuevo placer sino que, en el proceso, había conseguido que mi marido olvidase aquel episodio de su juventud.

Porque, sin ninguna duda, el juego de esa noche había borrado de la memoria de mi esposo aquel otro episodio que tuvo lugar tanto tiempo atrás.

Y en realidad, ¿no había sido increíblemente fácil? Cualquier mujer puede hacerlo. Sencillamente, es una cuestión de cambiar de apariencia... como el proverbial lobo con la piel de cordero.

Aunque en este caso es al revés.

Desde luego, he seguido interpretando de vez en cuando ese papel. Pero debo ir con cuidado... para no olvidar el camino de vuelta.

El patito feo

Érase una vez una familia que tenía cinco hijas. Las cuatro hijas mayores eran excepcionalmente bellas, pero la más joven era, en cambio, poco agraciada, con huesos largos y facciones más bien imperfectas. Por ello, sus hermanas le tomaban el pelo continuamente e incluso sus padres hacían poco por disimular su desaprobación, lamentando abiertamente haber tenido tal hija y preguntándose qué iban a hacer con ella.

Todos la criticaban sin descanso, diciendo cosas como: «Si comieses un poquito menos a lo mejor parecerías más fina». Aunque no comía más que las otras. O «si te pusieras limón en el pelo no tendría ese color tan soso».

En realidad, la desafortunada niña se iba a la cama con hambre y se ponía litros de limón en el pelo, pero nada parecía funcionar. Siempre le encontraban alguna falta.

La gente del pueblo no era diferente de su familia. Se metían con ella y la criticaban sin compasión. Por fin, acabaron por llamarla «el patito feo».

Según pasaba el tiempo, las cuatro hermanas mayores se hacían cada vez más guapas. Y cuanto más guapas eran, más arrogantes e insensibles. Pero el patito feo se volvió más generosa y buena cada día y, a pesar de que seguían metiéndose con ella, todas las hermanas preferían su compañía a la de las demás.

Las chicas pronto se convirtieron en mujeres.

La mayor de las cinco era bellísima y pensó: «¿Para qué voy a seguir estudiando si puedo ganarme la vida dejando que los hombres admiren mi belleza?».

Porque en esos días las mujeres podían ganar enormes sumas de dinero por mostrar abierta y explícitamente su belleza a hombres que valoraban a las mujeres solo por eso. De modo que la hija mayor se marchó de casa teniendo como única arma su belleza.

La segunda hermana también era muy bella y pensó: «¿Para qué voy a esforzarme si los hombres me encuentran tan atractiva que están dispuestos a hacer cualquier cosa por mí?».

De modo que se marchó de casa, pensando que iba a ganar una fortuna gracias a la generosidad de sus admiradores masculinos.

La tercera hermana nunca tuvo oportunidad de formular un plan porque intervino el destino y se casó con el joven cuyo hijo estaba esperando.

La cuarta pensó: «¿Para qué quiero a los hombres cuando soy más bella que todas mis hermanas juntas?». Y decidió hacer una fortuna mayor que las demás sin tener que humillarse ante los hombres. Con mucha confianza en su belleza, decidió que lo suyo era dedicarse a algo reservado exclusivamente a las mujeres más guapas: ser modelo profesional.

La hermana pequeña, el patito feo, sabía que ella no podría ganarse la vida con su cara bonita, de modo que decidió proseguir con su educación. Se marchó de casa y se matriculó en una universidad lejos de los prejuicios de su pueblo. Tuvo la gran suerte de alquilar una casita cerca del campus y empezó una nueva vida.

Por supuesto, el patito feo se lanzó a la vida académica como... pato en el agua. Disfrutaba inmensamente de sus estudios y la gente con la que se relacionaba jamás se fijaba en su aspecto físico porque valoraban otras cualidades que poseía.

Sin los constantes recordatorios sobre su falta de belleza, pronto empezó a tener confianza en sí misma y se sintió más feliz que nunca en toda su vida.

Una tarde de primavera, mientras el patito feo descansaba a la sombra de un árbol en su pequeño jardín leyendo un libro, apareció una sombra sobre ella. Y cuando levantó la mirada, se encontró con la criatura más hermosa que había visto jamás.

Era un hombre bien formado, moreno, de ojos azules... y le estaba sonriendo. Pensando que era una aparición, quizá un personaje de la novela romántica que estaba leyendo, al principio lo miró sin decir nada. Viendo su cara de sorpresa, el joven le habló en tono amistoso para explicar que pasaba por allí en dirección a un lago cercano para darse un baño. ¡Y, aparentemente, la única manera de llegar al lago era metiéndose en su casa!

El patito feo reconoció al joven como uno de los estudiantes de la facultad y, encantada, le dijo que podía pasar por allí cuando quisiera porque no le molestaba en absoluto.

Pero el joven no se movió. Le preguntó qué libro estaba leyendo, qué estudiaba en la universidad, de dónde era... y otras cosas que ningún otro hombre le había preguntado nunca.

Los ojos del patito feo brillaban de felicidad mientras hablaba con su nuevo amigo pero, de repente, imágenes de sus hermanas aparecieron en su cabeza. Entonces recordó que era fea y se avergonzó de que aquel chico tan guapo estuviera mirándola. Nerviosa, se levantó y, murmurando una torpe excusa, volvió al interior de la casa.

Mientras lo veía alejarse hacia el lago, tan alto, con aquellos hombros tan anchos... deseó por enésima vez ser tan guapa como sus hermanas. Pero eso nunca podría ser.

Al día siguiente, el joven volvió a pasar por su jardín en dirección al lago y, de nuevo, el día después. En todas la ocasiones se paraba un momento para charlar con ella y, poco a poco, el patito feo fue olvidando su vergüenza. A veces se encontraban en el campus y le alegraba la tarde que la llamase por su nombre.

Un día, el joven le preguntó si quería ir a nadar con él. Ella declinó la invitación porque le daba vergüenza su cuerpo, pero desde aquel día sintió la tentación de hacerlo. Muchas veces se preguntaba cómo sería ir a nadar con su guapo amigo... como hacían otras chicas que no se sentían avergonzadas de su figura.

Una mañana, el patito feo se levantó muy temprano y fue al lago en camisón. Se decía a sí misma que solo iba a ver el famoso lago, pero cuando llegó allí descubrió que era más hermoso de lo que había imaginado. Entonces miró alrededor, mordiéndose los labios. Nadie podía verla a esa hora de la mañana, pensó. Nadaría un rato y luego volvería a casa.

Antes de que pudiera detenerse a sí misma, nuestro patito se quitó el camisón y se tiró al agua de cabeza.

Riendo, nadó felizmente de un lado a otro. El agua era como seda sobre su piel. Cuando se cansó de nadar, flotó boca arriba, mirando las nubes que se deslizaban por el cielo azul. Ocupada de esta forma, se olvidó por completo del tiempo...

Y no se dio cuenta de que alguien se había tirado al agua hasta que lo oyó nadar a su lado. ¿Sería su guapo amigo?, pensó, muerta de miedo. Esperaba que no hubiese abierto los ojos debajo del agua...

¿Y cómo demonios iba a salir del lago para ponerse el camisón?

Por fin, él sacó la cabeza. Tenía una gran sonrisa en los labios.

—Siempre me habías parecido una chica muy especial... pero jamás soñé que tuvieses tanto valor.

¡De modo que había abierto los ojos debajo del agua! El patito feo se quedó tan horrorizada que sus ojos se llenaron de lágrimas. Pero cuando el joven se acercó vio que llevaba algo en la mano. Era su bañador.

—Ahora estamos iguales —dijo, riendo.

Luego, para su sorpresa, el joven se acercó un poco más y le dio un beso en los labios.

En el tumulto del primer beso, nuestro patito feo se olvidó de que era fea y le echó los brazos al cuello, con toda la pasión de la que era capaz. Se dio cuenta entonces de que se había enamorado del joven y se preguntó si habría adivinado sus sentimientos.

Él, como si hubiera leído sus pensamientos, la miró a los ojos y le confesó que también la amaba. Y luego volvió a besarla, una y otra vez. Ella le devolvió beso por beso, deseando que no parase nunca.

Pero, de repente, las caricias se volvieron más apasionadas. Ella descubrió que le encantaba apretar su cuerpo desnudo contra el cuerpo masculino. Se sentía mareada de felicidad, pero los besos eran cada vez más urgentes, las manos estaban por todas partes y... y ella no estaba preparada.

Dejando escapar un grito, se apartó. ¿Podía amarla de verdad aquel joven? ¡No pensaba dejar que nadie se aprovechara de ella, fea o no!

«Tengo que saber cuáles son sus intenciones», pensó. «Y si esas intenciones me resultan apetecibles».

—Voy a darme la vuelta para que te vistas —dijo el joven, sin dejar de sonreír—. ¿Me vas a esperar?

—Sí, te esperaré —le prometió ella.

—¡Pero si es nuestra querida y fea hermanita pequeña! —exclamaron sus cuatro hermanas alegremente.

—Siento llegar tarde. No sabéis cuánto me alegro de volver a veros.

—Estos años te han sentado bien —dijo su hermana mayor—. Nunca te había visto con mejor cara. Cuéntanos cómo te va.

El patito feo sonrió.

—Dudo que los detalles de mi vida os interesen, así que contadme vosotras. Vuestras vidas son más emocionantes —murmuró, poniéndose colorada porque acababa de recordar la maravillosa noche que había pasado con su querido esposo. Estaba segura de que, a pesar de su belleza, sus hermanas no podían haber experimentado nunca una felicidad como la suya.

—¡Emocionantes! —repitió la tercera hermana, con amargura—. Yo me aburro como una ostra.

—Por lo menos tú estás casada —dijo la segunda.

—¡Casada! ¡Encarcelada diría yo!

—¿No estás felizmente casada? —preguntó el patito feo, sorprendida.

—¿Te parezco feliz? —replicó su hermana, con lágrimas en los ojos.

Las cuatro la miraron, sorprendidas.

—Mi marido no me ha querido nunca. Cuando éramos jóvenes se sentía atraído por mi belleza, pero nada más. Solo quería una cosa. Yo pensé que era afecto, pero no es así... tiene aventuras con unas y otras mientras yo me quedo en casa cuidando de los niños.

—Dios mío —murmuró la mayor—. Y yo pensé que tenía mala suerte.

—Yo daría lo que fuera por vivir tu vida.

—No, no lo harías. Pensé que iba a hacer fortuna mostrando mi belleza a los hombres, así que me convertí en una bailarina exótica. Creí que haciendo eso no me haría falta ir a la universidad y, al principio, gané mucho dinero. Pero esto solo se puede hacer durante un tiempo —suspiró la hermana mayor—. Pronto empezaron a llegar chicas más jóvenes que yo y, a partir de ese momento, no he ganado mucho.

—Quizá —suspiró la infeliz casada sin ver la ironía— deberías haberte casado con uno de tus admiradores mientras aún eras joven.

—¡Entonces estaría como tú! —protestó ella—. Además, la mayoría de los hombres ya estaban casados. ¿Cómo iba a confiar en un hombre después de haber visto lo lujuriosos que son cuando están fuera de su casa?

—Eso es verdad —suspiró la segunda hermana, que se ganaba la vida vendiéndose aún más a los hombres que la primera—. Una vez que ves ese lado de los hombres no puedes volver a confiar en ellos. Y una vez que has vendido esa parte de ti misma, ya no te pretenden. Se convierte en una ocupación tediosa. Yo nunca he disfrutado estando con un hombre porque nunca ha sido como yo quería.

—Tú se lo has puesto muy fácil para que te trataran así —dijo la hermana casada—. Todas lo hemos hecho.

—Ah, ¿entonces es culpa nuestra que los hombres sean como son? ¿Por qué las mujeres siempre culpan a otras mujeres?

—Quizá porque estás dispuesta a hacer por dinero cosas por las que los hombres tendrían que esforzarse —replicó su hermana—. Las mujeres como yo intentan mejorar y son, de hecho, más de lo que merecen los hombres. Pero ellos no tienen que hacer ese esfuerzo porque pueden tener a las mujeres más bellas a su disposición… siempre que tengan dinero.

—Eso es verdad. La mayoría de mis clientes son viejos, gordos y feos.

—Esperan que nosotras seamos perfectas, en un mundo donde no existe la perfección. Los modelos son tan imposibles que ninguna mujer puede parecerse a ellos. Mientras tanto, los hombres se sientan y disfrutan del espectáculo. Ellos no tienen que preocuparse de su apariencia porque nadie se fija. Son invisibles.

Las hermanas sonrieron con cierta tristeza.

—Pero yo he visto una foto tuya en la portada de una revista —intervino entonces el patito feo.

—Me da vergüenza esa fotografía —suspiró la segunda hermana—. Sé que soy una mujer guapa porque he dedicado toda mi vida a serlo. Pero eso no es suficiente para los diseñadores de moda o los editores de las revistas femeninas… ¡Revistas femeninas! Cómo las mujeres pueden leer esas revistas es algo inconcebible para mí.

—¿Por qué?

—Según el editor, debería pasar por el quirófano y, palabras textuales, dejar de comer si quería trabajar para ellos. Eso hice y, por fin, me eligieron para la portada. Pero incluso después de eso seguía sin ser suficientemente guapa y tuvieron que retocar la fotografía —añadió la joven, con lágrimas en los ojos—. Esa chica no soy yo, es un espectro... el mismo espectro que se muestra día a día a las mujeres para que sigan corriendo en pos de una perfección imposible. El mismo espectro que ha arruinado la vida de todas y cada una de nosotras.

Por alguna razón, este último comentario hizo que todas mirasen al patito feo.

—¿Qué tal te va la vida a ti? —le preguntó su hermana mayor.

—Pues... yo estoy muy satisfecha —contestó ella humildemente.

—Terminaste la carrera, ¿verdad?

—Sí, la terminé. Y me va muy bien... hago lo que me gusta, que es lo importante. Además, me casé.

—¡Vaya, al final todas teníamos que haber nacido feas! —exclamó la hermana casada.

—Estás celosa —la regañó la mayor.

—No creo que sea más feliz por ser poco agraciada —replicó el patito feo—. Pero yo no me apoyé en mi aspecto físico para ganarme la vida. Busqué lo que más me gustaba, me esforcé mucho para conseguirlo y lo logré. Eso es todo.

—¿Eso es todo?

—Vosotras habéis dejado que los hombres os usaran como objetos. Ganabais dinero, pero no lo suficiente, considerando que a cambio entregabais todo lo que teníais... lo único que teníais. Habéis hecho creer a los hombres que podían poseeros solo con sacar la cartera. Y ahora que no sois tan jóvenes no tenéis nada.

Después de esto, no parecía haber mucho más que decir.

Por fin, el patito feo volvió a su casa, a su hogar, suspirando de alivio. Era tarde, pero había una lucecita encendida en la entrada y flores frescas en un jarrón del pasillo.

Sonriendo, subió al segundo piso y entró de puntillas en una habitación para besar a su hija recién nacida. Era preciosa... tan guapa como sus tías. Ella le enseñaría a disfrutar de su belleza, pero no a apoyarse en ella para ganarse la vida. No podía haber mayor error.

Dejó a su hija dormida en la cuna y entró en el dormitorio principal, cerrando los ojos un momento para respirar el aroma de la colonia de su marido. Las cortinas de la ventana se movían suavemente con la brisa mientras se desnudaba.

Él estaba despierto y, sin decir una palabra, la colocó entre sus brazos. Ella apoyó la cabeza en su hombro, sonriendo al notar que empezaba a acariciarla como hacía todas las noche.

TÍTULOS DE LA COLECCIÓN

MEGAN HART
Dentro y fuera de la cama

SARAH McCARTY
Placer salvaje

NANCY MADORE
Cuentos para el placer

JINA BACARR
Placer en París

KAYLA PERRIN
Tres mujeres y un destino

MEGAN HART
Tentada

SARAH McCARTY
La llamada del deseo

AMANDA McINTYRE
Diario de una doncella

www.ingramcontent.com/pod-product-compliance
Lightning Source LLC
LaVergne TN
LVHW091635070526
838199LV00044B/1070